小説… JUMP j BOOKS
アオのハコ
Ao no Hako
Prologue
原作／三浦糀
小説／七緒
presented by
Miura Kouji
& Nanao
JN177735

Ao no Hako

Characters

鹿野千夏

女子バスケ部のエース。
親が海外転勤の為、
猪股家に居候している。

猪股大喜

バドミントン部に
所属している。
千夏の事が好き。

Ao no Hako
アオのハコ
Prologue

AO
no
HAKO
Prologue

Character

蝶野雛

新体操部期待の新人。

大喜をよく揶揄う。

笠原匡

バドミントン部の友人。唯一、
千夏の居候について知っている。

針生健吾

バドミントン部の先輩。
時に厳しいが、
大喜には期待を寄せている。

守屋花恋

針生の彼女であり、
千夏の親友。
芸能活動をしている。

後藤夢佳

千夏とは旧友で、
元女子バスケ部。
突然、バスケを辞めてしまった。

あらすじ

バドミントン部に所属する猪股大喜は、
朝練の体育館で見かける女子バスケ部の先輩・鹿野千夏に恋をしていた。

中学生活最後のバドミントン部の大会で思うような結果を出せず、部活を引退した大喜。

夏休みのある日、学校で匡と雛と夏休みの課題を片付けていると、

「中学最後の思い出作りに夏休みっぽいことをしようよ！」と雛に提案され——！？

ほか夢佳の中学３年の秋に起きた進路にまつわるエピソードや、
針生と花恋の中学時代のエピソードが明らかに。

本編開始前、揺れ動く青春の1P が初小説で解禁——!!

Story

Ao no Hako

Prologue

Contents

＃1

夏の終わり、星に願いを

体育館の屋根の向こうには、鮮やかな青空が広がっていた。

梅雨の晴れ間は、すでに夏の訪れを感じさせるほど眩しい。濃くなっていく木々の緑を透かせて、朝日が降り注ぐ。その下を、一人の少年が校門を走り抜けていった。

春から高校の一年生となった猪股大喜は、いつものように朝練のために体育館へ向かっていた。その時、すでに屋内から、バスケットボールが床を打つ音が響いてきていることに気がつく。

(──あれ?)

開け放って風を通している扉から、大喜はシューズを履き替えるのももどかしく中に入る。

白い朝の光が注ぐ体育館には一人、練習している人影があった。

「おはよう」

ボールを拾い上げた二年の先輩、鹿野千夏は、入ってきた大喜に挨拶する。

「! おはようございます!」

目を丸くして固まっていた大喜は、慌てて返事を返した。それから自分の後ろを指さし、また体育館の中に向き直る。

「えっ、あ、あれ？　俺、千夏先輩より、先に出たつもりだったんですけど」

「うん。大喜くん、先に行ったみたいだったから」

両手でボールを回していた千夏は、それを顔の前に持ってくる。口元は隠れるが、笑みを浮かべているのは目元でわかった。

「近道しちゃった」

「え！　ど、どのルートです!?」

家から学校までの交差点をいくつも頭に思い浮かべながら、大喜は尋ねた。

「内緒」

声を漏らして笑うと、千夏はふいに走り出す。軽やかな動作にもかかわらず、ドリブルの音は鋭く響く。バスケットボールは千夏の操るまま滑らかに動き、空中で弧を描いた。ネットを掠める音を立てて、シュートが決まる。

「………」

一連の千夏の動きに目を奪われていた大喜は、はっと我に返って首を振る。

（っ、練習！）

暑さとは違う理由で噴き出す汗を拭って、大喜はラケットバッグを肩から下ろした。

朝の体育館を、風が吹き抜けていく。湿度は高いが、昼間の蒸し暑さにはほど遠い。少しでも快適な時間帯に、少しでも長く練習しようと家を出たのに――。

シャトルの入ったカゴを運びながら、大喜はちらりと、練習する千夏の姿を一瞥する。

(……今日は、自分のが先だと思ったのにな)

高校の練習に参加するようになってから、大喜は毎朝、一番乗りするつもりで体育館に来ていた。だが自分より先に、女子バスケの一つ上の先輩、千夏が先に来て自主練していることがしばしばだった。

いつも隣のコートにいる、気になる先輩。片想いの相手。

千夏は、自分にとってそういう距離の存在だった。

去年までは。

大喜は、今年の春から激変した自分の生活を感慨深く振り返る。

(なんか、いまだに信じられないな……)

そんな先輩と、まさか一つ屋根の下で暮らすことになるなんて――と。

大喜自身は先日までまったく知らなかったが、千夏の母親と大喜の母親は栄明バスケ部のOG同士であり、千夏の家族の海外転勤中、彼女だけ猪股家に居候することになったのだ。

千夏がその選択をしたのは、栄明高校でバスケを続けるため。

そしてインターハイで優勝するためだ。

大喜はシャトルを一つ手に取り、心の中で唱える。

（そんな人に、『俺と恋愛してください』なんて、もう言えない）

いつかに、友人の笠原匡へ返した言葉を、大喜は繰り返す。

千夏は、それだけの覚悟でバスケに打ち込んでいるのだ。一緒に暮らせるようになったからと言って、想いを伝える資格が自分にあるとは思えなかった。

先輩がインターハイを目指すなら、自分も同じ場所を目指すくらいでないと、釣り合わない。そう決心し、大喜は自分に目標を与えた。

インターハイ、出場。

一年生では無謀であるとか、自分の実力に見合っていないとか、周りに言われるまでもなく理解している。それでも、だからもっと手が届くような目標にする、というのは違うように思えた。

大喜は見据えた位置へ、サーブを放つ。

（目指すのは自由だ）

センター、サイド、とサーブ練習に集中していた大喜は、いつの間にか隣から聞こえていたボールの音が消えていることに気づく。あれ、と思って目を向けると、飲みかけたスポーツドリンクを持った千夏と視線が合った。

「えっ、あ、何か?」

千夏に見られていたことに気づき、大喜はうろたえる。

「大喜くん、前よりサーブ上手(うま)くなってる気がするなって」

「えっ! ほんとですか?」

褒(ほ)められて、大喜は驚きながらも無意識に相好(そうごう)を崩(くず)した。千夏もつられるように笑って頷(うなず)き返す。

「まっすぐ打つかなって思ったら斜(なな)めだったりして、どうやってるのかじっくり見てた」

飲み物を持った方と反対の手で、千夏はラケットを振る動作をする。その動きで大喜は思い出す。

「そう言えば千夏先輩、〝サーブは苦手(にがて)〟でしたもんね」

いつかの放課後、公園で一緒にバドミントンをした時のことが浮かび、大喜は思い出し笑いする。いくよーと言いながら、千夏が思いっきり空振りするのが可笑(おか)しかった。

大喜が笑うと、千夏は少しむくれる。

「今はもう打てるようになったよ」

左手でしょ？　と千夏はその時の、大喜のアドバイスを繰り返す。覚えていてくれたことに、大喜はくすぐったい気分になる。

（大会終わったら、また千夏先輩と一緒にどこか……行きたいな）

その頃はもう、夏の終わりが近づいているだろう。海に行けたら嬉しいけれど、放課後にどこか近場に寄るだけだっていい。自分から誘って、二人でどこかに……。

練習を再開させた千夏を視界の端に映し、また大喜は黙々とラケットを振り始めた。再び体育館には、シャトルとボールの飛び交う音だけが響く。

開け放ったままの扉からは、夏の始まりの景色が四角く覗いていた。透明度の上がった日差しと、白く光るコンクリート、揺れる緑の葉影。夏の気配は、いつも大会前の高揚と重なり合う。大喜は大きく息を吸い込む。気温が上がっていくのに合わせて、何かが始まりそうな気持ちにさせられた。

今年は、きっと去年よりも、特別な夏になる。

そんなふうに考えてから、大喜は情けなさそうに苦笑を漏らした。

（そりゃ去年の夏は、まだ全然、声もかけられなかったからなぁ）

去年の夏、と胸の内に呟いた途端、ふいに夜の屋上の風景が浮かんだ。濃い青の星空の下、集まった人のシルエットが懐中電灯やスマホのライトでうっすらと浮かび上がっている。湿った夜風の匂いが、蘇った。

ざわめきの中に声が上がる。

『あ、流れ星！』

つられるように頭上を仰げば、夜空に一瞬だけ、小さな光が軌跡を描くのが見えた。一つ、また一つと流れる星の光を、歓声を上げて生徒たちが指さす。

その重なり合った人影の間から、大喜は何かに吸い寄せられるように、地上へと視線を外す。

群青色の星空の下に、千夏の姿だけ、縁取られているかのように光って見えたのを思い出した。

学校内に植えられた木々から、絶え間なく蟬の声が響き渡る。

それに混ざって、運動部の掛け声や吹奏楽部の演奏の音が聞こえ、夏休み中だが栄明中学の校内には活気があった。

中高一貫のスポーツ強豪校である栄明学園は、休みの間でも部活に参加するために多くの生徒が登校している。もちろん文化部の部員たちも夏休み中の活動がある。それ以外にも補習や自主学習のために、教室や図書室を利用する生徒は少なくない。

その日も、自習用に開放されている教室の一つでは、三人の生徒が机を寄せて宿題を進めていた。黙々と各自の手が動き、窓の外からの音をＢＧＭに集中して作業は進んでいるように見えたが――

「中学最後の夏休みなのに、何もしてない!!」

何の前ぶれもなく、蝶野雛は顔を上げて叫んだ。耳の後ろで二つにまとめた髪を揺らし、さも重大な議題のように、両手を英語のノートの上に打ちつける。

「っ、びっくりしたぁ……急に何だよ！」

英単語を書き取っていた大喜は、真近から上がった大声に驚いて顔を上げる。手元がくるったせいで、罫線から大きくＫの字がはみ出していた。

椅子から立ち上がらんばかりに、同級生の雛は訴える。

「だって、夏休みもう終わっちゃうよ!?　私たち、宿題とかやってる場合!?」

「夏休み終わっちゃいそうだからやってるんでしょ」

淡々と冷静な返しをしたのは、大喜の向かいに座った匡だった。

大喜、雛、匡の三人で、今日は残った宿題の追い込みをしようということで、自習室へ来ていた。大喜と雛が机に積み上げた残りの宿題に対し、匡のそれは、読書感想文の用紙

一枚だけであったが。

「だってもう終わらないよ〜〜!!」

匡に指摘されて、雛は減っている気配のない宿題に突っ伏す。それからむくりと顔を起こすと、妙に座った目で呟き始める。

「大人になって、中学最後の夏休み、何してたっけな〜って思い出した時、宿題に苦しめられていた思い出だけでいいの？　人生にはそんなことよりも、もっと大切なことがあるんじゃないの？」

「それは……確かに一理ある」

同じく見通しの立たない宿題の山を抱える大喜は、思わず似た表情になって頷き返していた。匡が呆れたように、二人を眺める。

「そんな壮大な話してないだろ……」

雛は大仰に溜息を吐き出し、片手を持ち上げた。

「だって今年も、大会までは練習ばっかりだし、大会終わったらもう夏休みちょっとしか残ってないし……毎年このパターンじゃん〜!」

雛は新体操部のエース選手だ。先日行われた大会でも全国4位の成績を収めたが、当然それは、一朝一夕の練習で得られるものではない。大会前は使える時間の全てを練習につぎ込むことになる。

だから毎年、夏休みを満喫するのは後回しにされがちだ。

「うん、まあ、それは言えてるよな」

大喜は嘆く友達を前に、苦笑いを浮かべた。バドミントン部の大喜と匡は、新体操部と同じ体育館で練習することが多い。夏休みの前半、雛がどれだけ新体操に時間を費やしてきたかは知っている。

そう言う大喜自身も、夏休みの記憶はバドの練習ばかりだ。

(旅行も行ってないし、夏祭りも……)

「確かに、今年も花火大会、行けてないしな」

大喜が思い浮かべた地元のイベントを、匡も考えていたようだった。中一の時には同級生で集まって見に行った地元の打ち上げ花火も、去年そして今年と部活が忙しく、足を運ばずに終わってしまった。

「でしょー!」

匡の同意を強調するように、雛は大きく頷く。そして身を乗り出して二人に提案した。

「ねぇ、ねぇ! 今からでも、どこか遊びに行こうよ!」

雛の言葉を聞いて、大喜は目を丸くする。

「どこかって？」

「海とか！」

「えぇ？　行けるか？」

大喜は首を捻り、それが可能か考えてみる。自分たちだけで行くなら……と最寄りの海辺の候補を見繕っているうちに、雛は目的地を変えてしまう。

「じゃあ山！」

「お前、思いつくとこ適当に言ってないか？」

呆れる大喜に、雛ははしゃいで告げる。

「どこでもいいよ！　夏の思い出作れるところなら」

雛の中ではもう、三人でどこかに行くことが決定しているようだった。大喜と匡は顔を見合わせる。中一からの付き合いで、こうなった雛がそう簡単に考えを変えることがないのを二人とも知っていた。

「まあじゃあ、とりあえず三人とも予定ない日、挙げとくか」

「そうしよ！」

大喜がそう言うと、雛はいそいそとシールの貼られた手帳を取り出し、八月のページを開く。

「えぇ～どこがいいかな。あとさ、なんか夏っぽいものも食べたいよね～」

「あー、バーベキューとか」

「流しそうめん」

大喜と匡の挙げたメニューは、雛の思い描いていたものとはちょっとずれていた。

「なんかもっと可愛いやつだって！」

そこで雛は、思いついてスマホを取り出す。

「あっ、そうだこれ！　これ食べたくない⁉」

表示させた画像を、二人に見せる。それはクマの顔の形に作られた、大きなカキ氷の写真だった。イチゴシロップのかかった、ピンクのクマの周りには、フルーツが溢れんばかりに盛りつけられている。

「うわ、でか！」

画像を見て、大喜は目を見開いて笑う。

「これ一人で全部食べる気か？」

「もちろん！　欲しかったら雛様分けてくださいって頼むことね」

「こんなん食べたら、絶対頭キーンてなると思うけど……」

原稿用紙を埋めながら、匡がまっとうな指摘を返す。

そんなふうに、行きたい場所や食べたいものをあれこれ挙げて、意見を出し合っているうちに、時間は過ぎていく。

当然、大喜と雛の隣に積み上がった宿題が、減るわけはなかった。


午後から集まった三人は、五時を回る前には教室を出た。匡は家族から買い物を頼まれていると言い、一足先に帰っていた。

「あれ、大喜まだ帰らないの？」

靴箱でローファーに履き替えた雛は、大喜がまだ上履きのままであることに気がつく。

「うん。まだ時間あるし、ちょっと練習してから帰るわ」

大喜は体育館の方を指さす。宿題を詰めたカバンとは別に、ラケットバッグも提げてきていた。

中央玄関には、遅い午後の日差しと蝉の声が届いている。雛はしばらく大喜の姿を見ていたが、呆れたような笑顔になった。

「ほんっと、バドバカだね～」

「バカつけなくていいだろ」

「なかったらただのバドじゃん」

あはは、と笑って、雛は玄関の外へ歩き出す。夏服のスカートがふわりと揺れる。

校舎の外へ出た雛は、振り向いて大喜へ声を放つ。

「行きたいとこ、考えておいてよー！　でないと海と山とプールとお祭りの全部乗せにするからねー！」

「欲張りすぎだろ！」

言い返して、大喜は手を振り返す。ちょうどチャイムが校内に響いた。

学校に残った大喜は、一人校舎を抜け、体育館にやってくる。

夕方の体育館には、普段(ふだん)より人の姿は少なかった。奥のコートで男子バレー部が何人か練習をしているだけで、バド部の姿はない。

ほとんどの部活が夏の大会を終えており、夕方遅くまで残っている部員は多くない時期だ。

着替えた大喜は、いつも朝練でしているように、シャトルのカゴを持ってくる。ストレッチの後で素振りをしながら、普段新体操部が使っている体育館のスペースへ目をやった。

大会前、わき目もふらず集中していた雛の姿を、大喜は思い出す。

（雛はすごいよな……全国大会で、結果残してて）

中学最後の大会、プレッシャーの中で自分の実力を出し切れるかどうかこそ、その選手の力量だ。新体操でもバドミントンでも、本番は一瞬なのだ。点数だけが勝者を決め、それまでどれだけ努力してきたかは評価されない。

ラケットを握り、大喜は壁の前に立つ。

「俺ももっと……」

シャトルを一つ取ると壁に向かって打った。跳ね返ってくるシャトルを返し、また素早く返す。ショットを速くしていけばその分返ってくる速度も増す。

(勝ち進みたかったな)

跳ね返ったシャトルを取りそびれ、ラケットが宙を掻いた。シャトルは床に落ちる。

大喜は息を吐き出し、ラケットの先でシャトルを拾い上げた。

体育館の床に、照明に照らされた試合会場の床が重なり合った。最後の試合、あともう一歩前に出られていたら、もう一秒早く動けていたら、拾えたシャトルがいくつもあった。特にネット際はいくつも取り落とした。狙われているのは自覚できていたのに、相手の攻撃に慣れる頃には点差をつけられてしまっていた。

「………」

大喜は壁打ちを再開する。自分の打ったショットをひたすら打ち返した。

試合中は必死になりすぎて、終わった瞬間にどっと〝もっとこうしていればよかった〟が押し寄せてくる。

それをせめて一つも取りこぼさないように、試合の後は反省点で満杯になった体を体育館へ運んでいく。

試合の翌日、大喜は前日と同じ時間に朝練に来た。

(負けて悔しかった……でも)

涙は出なかった。

自分がミスした内容を思い出しながら練習するのは苦しかったが、叫び出したいような激しい感情は湧かなかった。

そんな自分を客観的に眺めながら、ずっと頭をよぎっていたのは去年見た光景だ。

(俺は、あの時の先輩くらい……)

誰もいない体育館、ボールの散らばったコートで一人、その人はひたすらシュートを打っていた。

一つ上の先輩、鹿野千夏。

千夏先輩はバスケ部のエースで、大喜が遠くから見かける時はいつも、人に囲まれて笑っているような人だった。

だがその時は、表情を悔しげに歪(ゆが)め、両目からは涙が溢れていた。

大喜は力がこもった自分のショットを、打ち返しそびれる。軽い音を立ててシャトルが落ちた。

(俺は千夏先輩と同じくらい……)

——敗北を悔しがれているだろうか。

大喜は目の前の壁をじっと見つめた。立ち止まった瞬間、一気に汗が吹き出す。外からは、反響するように蟬の声が聞こえてきていた。

三年間全力でやってきたつもりだったのに、その三年間が終わった途端に、もっとバドミントンをやりたくなっていた。まるで試合の次の日、朝練へ向かうような気分だ。

(高校では、もっと上手くなりたい)

胸の中で呟いてから大喜は、今年高校生として、夏の大会を迎えた千夏のことを考える。

壁に沿って視線を上げていき、そこに取り付けられたバスケットゴールを見上げる。

(高校の女バス……県予選、準優勝だったな)

強豪校の籠原(かごはら)学園と当たり、インハイ出場は逃(のが)した。中学三年の時の試合とは異なるとわかっても、千夏がどう過ごしているか気になった。

いつからだろうか。

ふとした時、いつも千夏先輩のことを、考えているようになったのは。

「はぁ～なんか接点ないかなぁ～～」

大喜はラケットを持ったまましゃがみ込む。千夏は高校一年生のバスケ部で、こっちは中学三年生のバドミントン部だ。中高一貫なので姿を見かける時もあるが、その程度だ。

あらためて距離感を実感し、大喜はその落胆（らくたん）を振り切るように立ち上がる。

「今はとにかく練習！」

自分を励ますように叫んだところで、後ろから声が飛んできた。

「おーい、もう体育館閉（し）めるぞ」

振り返ると、扉にはバド部の顧問の姿があった。

「えっ、あれ、もうそんな時間ですか!?」

気づけば、体育館の中はすっかり薄暗くなっており、大喜はきょろきょろと周りを見渡す。いつの間にか数人いたバレー部の姿もなくなっており、自分一人だけ残っていた。

「すいません！　今片付けます！」

大喜は散らばったシャトルを集め、カゴに戻す。窓の施錠（せじょう）を確認していく顧問は、片付けを終える大喜に声をかけた。

「猪股。来週から高校の部員と合同練習できるけど、参加でよかったか？」

他の三年には明日伝えるけど、と言い添えて、顧問は戻ってきた大喜の方を見た。

「！　はい！　もちろんです」

大喜は顧問の言葉を聞いて目を輝かせた。

（高校の練習！）

栄明では、中学の部活引退後は高校の部活練習に参加させてもらうのが一般的だ。夏休み明けからだと思っていた大喜は、想像より早いスタートに胸が高鳴った。

先輩とのレベルの上がった練習が始まるのは、大会後のもどかしい気持ちを抱える大喜には渡りに船だった。体育館を出る時にはもう、バドミントンがしたくなっている。

（同じ時間の練習に）

暮れなずむ夏の夕方の中を、小走りに校門へ向かいながら、大喜は考える。

（女バスも、いたりしないかな）

夜の色へグラデーションを描く空を見上げた大喜は、そこに小さな星が光っているのを見つけた。

「ここのお祭りはー？」

「えっと、八月十六日……もう終わってる」

雛が指さした夏祭りのページを、大喜がスクロールしていく。が、開催日はもう過ぎていた。目星をつけた祭りが終了しているのは、これで五つ目だった。

「えぇ～もう近場ないよぉ」

学習デスクの椅子に座って、雛は後ろにのけぞる。キャスターのついた椅子だが、さすがの柔軟性とバランス感覚で危なげはない。

自習室での勉強会から数日後、大喜と匡、雛は学校に近い大喜の家に集まっていた。

相変わらず英単語の書き取りは途中のまま、パソコンを開いて近場のイベントを検索していく。

「夏祭り以外でもいいんじゃない？」

座卓とベッドの間に座った匡は、大袈裟に落胆する雛へ声をかけた。匡にそう言われ、雛は勢いよく背を起こした。

「だって一度にりんご飴とやきそばとタコ焼とクレープ食べられるところなんて、お祭り以外ないじゃん！」

「それは……そうだけど」

さしもの匡も、雛のその力説には同意せざるをえなかった。

「夏らしいイベント、かぁ」

中腰でパソコンを操作していた大喜は立ち上がり、座卓に置いた麦茶のグラスを手に取る。氷を鳴らして飲んだ後、うーんと唸(うな)って首を傾けた。

「海とかも、俺らだけで行くの現実的じゃないしなぁ」

遠出となれば、誰かしらの保護者が付き添うことになるだろう。お盆休みの終わっている両親たちに、急に予定を合わせてもらうのは難しいし、費用も負担してもらうことになる。

気軽に行ける近場のイベントを探そうと思ったが、花火大会や神社の夏祭りは、この辺りはすでに終わっているものがほとんどだった。

椅子をくるくると回しながら、雛は口を開く。

「っていうか食べ物の話したら、お腹(なか)すいちゃった」

「あ、なんか持ってくる?」

大喜は台所に何かなかったかと考え、腰を浮かせたが、雛は首を振った。

「いいよ。コンビニまで買いに行こう!」

私、食べたいアイスあるんだ、と言って雛はぴょんと椅子から立ち上がる。匡もカバンを肩にかけると立ち上がった。

「ついでに蛍光ペン切れたから買ってくる」

部屋の中で立ち上がった二人を見て、大喜も「じゃあ」と財布とスマホ、家の鍵をポケットに突っ込んだ。

玄関から一歩外へ出た途端、熱された空気に包まれた。眩しい日差しを受け、塀や電柱の影がくっきりと落ちる。

「あっつー！」

雛が悲鳴のように叫んで、サンダルの足元で道へ出た。アスファルトの熱がそのまま昇ってきて、頬に当たるようだった。

「うわぁ、気温高っ。これアイス、持ち帰ってる間に溶けそうじゃないか？」

家の鍵を回した後、大喜もまた室内との落差に声を上げた。時刻は16時近くになっていたが、青い空から照りつける太陽は強く、真昼と大差なかった。

「じゃあしょうがない、アイスは買ったら即食べよう！　で、持って帰るお菓子は別に買って～」

ちゃっかりおやつの品数を増やしている雛に、大喜は吹き出す。

「しょうがないとか言って、雛、そのつもりだっただろ」

「そんなことない。フカコーリョクだって」

歩き出した雛は、手でひさしを作って、頭上に広がる青天を見上げた。

「こんなに暑いんだから、アイス食べるくらいの楽しみは許されないと」

普段、新体操のパフォーマンスに影響が出るため、雛は食べるものを節制している。大会も終え、この夏休みの間は束の間（つかのま）『ごほうび』の期間だ。

「アイスはもう決めてあるけど、他のお菓子、何にしよ～！　塩っぽいものは絶対でしょ、あとクッキー系と……いっそコンビニスイーツきめちゃう⁉」

「それは買いすぎでしょ」

テンションの高い雛に対し、匡が相変わらず冷静な返しをする。

三人でとりとめなく喋（しゃべ）りながら住宅地を進み、駅の方へ近づいていった。神社のそばを通ると、蟬しぐれが大きくなる。

プール帰りなのか、カラフルなビニールバッグを提げた小学生たちとすれ違う。少し後ろから、日傘を差した母親らしき女性が二人歩いてきていた。

通り過ぎた後、雛は肩越しに振り返って呟いた。

「いいなぁ、プール。東町（ひがしまち）小の子かな？」

「じゃないか？　確か夏休み開放してたよな」

想像した途端、プールの水の冷たさが蘇ってくる。中学でも水泳の授業はあるが、夏休みのプールで浮かぶのはいつも小学校の方だ。

熱くなったプールサイドを素足で歩く感触や、ゴーグル越しに見る水の中の光、終わった後の眠たい体と塩素の匂い。

「あー、今すぐ飛び込みたい!!」

大喜が叫ぶと、後ろから小さく笑い声が聞こえてきた。さっき通り過ぎた母親二人はまだ近くを歩いていたようだ。「中学生の子かな?」「元気だねー」と微笑ましそうに話している。

「っ!」

「もう、笑われてんじゃん」

雛は口に手を持っていき、吹き出すのを堪えるようにして言う。道の先にコンビニの店舗の色を見つけると、跳ねるように駆け出した。

「先行くからね! 一緒に歩いてると思われたら恥ずかしいし」

「はぁっ? あ、待ってって!」

反射のように、大喜は雛の後を追いかける。

「嘘でしょ、走るのこんな暑い中」

走り出した雛と大喜を追って、匡もまた呆れながら小走りになった。

最寄りのコンビニまでそれほど遠くはないが、今日はさすがに砂漠を駆け抜けてきたような気分だった。中へ入ると、強めに効いた冷房によって一気に汗が引く。

「涼しいー！」

Tシャツの襟元を揺らして、大喜は体に風を送る。匡は文具の置かれた棚へ、雛はすぐさまアイスコーナーへ向かった。

「えーっと……あ、これこれ！　すごくない？　カロリーも糖質もこんな少ないのにこのボリューム！」

「へぇほんとだ。俺もそれにしよっかな。あ、でもこっちも捨てがたい……」

冷凍のスペースを覗き込んで、大喜は真剣な顔で熟考し、ようやく一つに絞った。ペンを片手に持ってきた匡は、すでに決めていたのか、ひょいとカップアイスを選び取る。

会計を済ますと、コンビニの屋根の陰で三人はアイスの包みを開けた。

「んー、美味しい！」

コーンのついたバニラ味のアイスを一口頬張り、雛は満面の笑顔になる。

「はぁ〜生き返る〜」

飲み物と菓子の入ったビニール袋を片手に引っかけて、大喜もまた、棒つきのアイスを口にくわえた。シャリと、清涼な食感が歯に伝わる。

街路樹から、じぃじぃと蝉の声が絶えず響き、コンビニの前を車や自転車が行き交う音がそれに重なる。

まだ空は明るいが、空気にはどこか、夏の遅い午後特有の気だるさが漂っていた。

「あーあ、来週には始業式かぁ」

食べるそばから溶け出すアイスを舐めて、雛はぼやいた。

「こうしてる間に中学最後の夏が終わっちゃうよ～」

匡は焦ることなくカップアイスをすくって、雛に告げる。

「まあ最後って言っても、俺ら来年も同じ学校だけど」

「そうだけど、そういうことじゃないじゃん」

拗ねたような表情を浮かべると、雛は肩をすくめた。前の道路よりさらに遠く、町並みの上に視線をやって呟く。

「なんかフシメっていうかさー。三年間の区切りっていうかさ」

隣に立っていた大喜は、わずかに目を瞠って、横を向いた。

「雛……」

大喜は真剣な顔を崩さないまま、おどけてみせた。

「お前、節目なんて言葉、知ってたんだな」

大袈裟に感動する大喜の肩に、雛がこぶしを打ち込む。

「それくらい知っとるわ！」

「あぶなっ、アイス落ちるだろ！」

右手に持ったアイスの棒を落とさないよう、大喜はバランスを取る。慌てて残りを口に運んだ。

外で食べるアイスは、あっという間になくなってしまった。口の中に残った冷たさと甘みを名残惜（なごりお）しく味わいながら、大喜はアイスの棒を袋に入れる。

「ゴミ、捨ててくる」

「ありがとー！」

「ん、サンキュー」

三人分のアイスの包みをまとめて、大喜は一度店内へ戻る。コーヒーマシーンのそばに設置されたゴミ箱に、分類して捨てる。

（中学最後の夏、かぁ……）

大喜は頭の中で、雛の言葉を反芻（はんすう）していた。同じ高校にエスカレーター式に進学する自分たちは、おそらく来年の夏も今年と変わらない顔ぶれでつるんでいるだろう。最後、なんて大仰に考える必要はないのかもしれないけれど。

(でもやっぱ、思い出作りたいよな)

考えながら顔を上げた大喜は、目の前に貼られているポスターに気がついた。

「あ……」

ゴミ箱の上の壁、そこには何枚かイベントの広告が貼り出されていた。

歌手のライブ日程が書かれたポスターの横には、満天の星空が広がっていた。薄青く光る線で繋がれた星は、星座を描いている。

「プラネタリウム……」

それは商業施設に入っている、プラネタリウムの広告だった。

「大喜ー、何してんの?」

すぐ戻ってくるものと思っていた大喜が、いつまで経っても中から出てこないので、雛は再び自動ドアを開けた。その後に匡も続いて入ってくる。

背後にやってきた二人に、大喜は振り返って声をかけた。

「なぁこれ、どうかな?」

壁に貼り出されたポスターを指さす。

「なになに？　プラネタリウム？」

「夏休み限定のイベントやってるみたいだし、場所も遠くないしさ」

プラネタリウムに併設されたカフェでは、カキ氷やタコ焼きなど、夏祭りをイメージしたメニューが提供されているらしい。本当の屋台とは違うが、雰囲気は味わえそうだ。

ポスターを見て、雛も喜色（きしょく）を浮かべた。

「えっ、行きたい！」

「涼しいし、いいな」

雛と匡も、深い青色で印刷されたポスターを見上げ頷き合う。大喜はスマホを取り出し、最寄り駅から、プラネタリウムがある商業施設までの時間を検索する。

「雛、明日部活ある？　バド部の練習終わり、集まって行けないかな」

「夕方からなら全然大丈夫！」

「匡は？　予定ある？」

「いや、連絡しとけば行けると思う」

三人とも時間が作れるとわかれば、話は早かった。最後のプラネタリウムの上映に十分間に合う。

「じゃあ明日！　16時に駅集合で！」

大喜は満面の笑みを浮かべて告げた。ずっと雲がかかって先が見えないままだった問題が、突然今日の青空のように晴れ渡った気がした。

翌日の部活練習終わり、駅で合流した三人はプラネタリウムがある商業施設へ向かった。お盆休みが過ぎたとは言え、商業施設はまだ夏休み中の若者たちで混み合い、賑やかだった。

「でもほんとよかったぁ！　滑り込みだけど、夏休み中に遊びに行けて」

夏服に部活のバッグを持った雛は、軽い足取りで冷房の効いた館内を進む。

「あのコンビニのあの場所にポスターを貼ってくれたお店の人、ありがとう！」

「見つけた俺にじゃないのかよ！」

明後日の方角に手を合わせている雛を見て、大喜が思わず突っ込んだ。

三人で案内図を確認した後、プラネタリウムのある階を目指し、近くのエスカレーターで上がっていく。

「プラネタリウムとか、いつ以来だろ」

大喜はすっかり薄れていた記憶をたどる。当時の自分にはとても大きく感じられたプラネタリウムは、見上げていると本物の星空が広がっているように思えて、わくわくした。

大喜の呟きを聞いて、下の段にいた雛が尋ねた。

「なんか社会見学で行かなかった？」

「あーそういや、妹たち行ってたかも」

思い出したように、雛の後ろから匡が呟く。

「だよね！　なんか懐かしいなぁ」

振り返って答えた雛は、楽しそうに当時の自分を回想する。

「社会見学で行った後、本物の星が見たくて夜に家の庭から空を見てみたけど、一つとか二つくらいしか星見つけられなくて……あれも確か、夏頃だった気がするなぁ」

階が上がるごとに雛は期待に胸が弾んだ。

「星見るなんて、ほんと久しぶり。楽しみ〜！」

雛が上機嫌で、そう声を上げた時だった。

「あ、れ……」

プラネタリウムのある階までエスカレーターを上がり切った大喜は、その先で人だかりができていることに気がついた。

「あそこって……プラネタリウムの入り口、だよな？」

「うそ。なんか、ザワザワしてない？」

近づいていくと、スタッフが手を上げていた。

「すみません！　本日、機材トラブルがありまして――」

大喜たちと同じく、プラネタリウムにやってきていた客たちが困惑したように顔を見合わせている。その人だかりの向こうから、スタッフの声が聞こえてきた。

「臨時休業となっております！」

「えぇぇぇぇっ⁉」

大喜と雛が声を上げ、匡もまた大きく目を見開いた。

「う、そ……」

雛がよろめくように一歩、二歩と後ずさる。大喜は愕然(がくぜん)として叫んだ。

「うぇえ⁉　そんな、今日に限って⁉」

「一時間前にお知らせ出てる……タイミング、悪いな」

ホームページを検索した匡が、苦い表情で呟いた。がっくりと首を垂らしたまま、雛は固まっている。

「…………」

「雛……大丈夫か？」

黙り込んでしまった雛の顔を、大喜は心配そうに覗き込んだ。うつむいていた雛だったが、顔を上げた時にはおどけた苦笑いになっていた。

「はぁ〜〜〜もう、最悪！　こんなことある？」

大袈裟に肩を落とした後、雛は呟いた。

「けど、機械の故障じゃ、仕方ないよね」

そのまま帰るのも忍びなく、なんとなく近くのベンチに三人座る。目の前を、同じように休業と知って驚いて帰っていく人たちが通り過ぎていった。

「ま、これも思い出と言えば思い出かー」

膝に乗せた部活の荷物を抱いて、雛が笑い声交じりに口にする。

「毎年部活ばっかりで終わっちゃうから、中三の最後くらい、なんか思い出作らなきゃって焦ってたけど……でも」

苦笑いで雛はバッグに、頬杖をついた。

「後から思い出したら、今日のこれも笑えるのかも」

「…………」

隣に座っていた大喜は、その雛の横顔をそっと見る。

毎年全国大会に出場している雛は、夏休みの前半は一番練習を詰め込んでいる期間だ。

周りが話しかけても気づかないほど、集中していることも多い。

そんな全身全霊をかけた夏の大会が終わった時には、休みはとっくに折り返しており、あれもやりたかったこれもやりかったと慌てて詰め込むことになるのだ。

(中学最後の夏休みなのに、か……)

大喜は、勉強会の時に雛が叫んだ言葉を思い出す。

中学最後くらいは、夏らしい思い出を——そう思って行けそうなイベントを探して、今日やっと念願の思い出作りができると思ったが、空振り(からぶ)りに終わってしまった。

もう、夏休みは残り五日。

平日に花火や祭りの催しをしている場所はなく、昼間は部活の練習が入っているので丸一日遊べる日はない。

七月の終業式には、あんなにたくさんあると思っていた休みも、目まぐるしく毎日を過ごしているうちに過ぎていってしまった。

雛は肩をすくめる。

「部活じゃなくて、遊び優先していいよって言われても、私はそれを選ばないし」

その言葉には大喜も共感した。自分たちは別に、部活を強制されているわけではない。

やりたくて、もっと上手くなりたくて、時間を費(つい)やしているのだ。

（けど……）

雛は明るく割り切ったように喋っているが、その中に『仕方ない』と自分に言い聞かせている気持ちが混ざっているのは気づけた。

「別に今からでも、思い出作りできるだろ」

隣に座っていた大喜は立ち上がると、雛の方へ向き直った。

「え……」

雛は驚いたように大喜を見上げる。大喜の隣に座っていた匡もまた、雛の方へ顔を向けた。

「そもそも、どっちか選ぶ必要なくない？　部活か遊びか、なんて」

言われて雛はきょとんとした。それから二人の顔を交互に見て、ゆっくりと頷いた。

「……そっか。うん、だよね！」

その表情がわかりやすく晴れていく。雛もまた、荷物を肩に掛け直すと勢いよく立ち上がる。

「よし！　こんなとこで座っててもしょうがないし、どっか寄ってこうよ！」

「だな。腹減ったし」

大喜は頷き、匡もベンチから立ち上がる。三人で一階にあったファストフードの店に寄ろうという流れになる。

歩き出した大喜は、プラネタリウムの前から離れていく人影にふと目が吸い寄せられた。

（あれ……今の）

二人並んだ少女の一人が、一瞬、千夏先輩に見えた。肩で揺れるさらりとした髪、ぱっちりとした目元。

肩越しに振り返った時には後ろ姿しか見えず、それもすぐに人波に紛れてしまった。

（人違い、か）

隣を一緒に歩いているのは知らない少女のようだったし、似た背格好の他人だろうと大喜は考える。

「おーい、置いていくよー！」

歩調が遅くなっていた大喜を、エスカレーターの前で雛と匡が待っていた。

「ああ、ごめん」

大喜は駆け足で二人に追いついた。

プラネタリウム施設の入り口を後にしながら、千夏は隣を歩く友人へ顔を向けた。

「ごめんね、花恋。せっかく誘ったのに、プラネタリウムやってなくて」

花恋、と呼ばれたのは、長い黒髪を揺らした美少女だった。すらりとしたスタイルは、トレンドの服を難なく着こなしている。それもそのはずで、彼女は学業のかたわら芸能活動をしており、モデルとして雑誌に載ることも珍しくなかった。

二人並んで歩いていると、すれ違う通行人が思わず視線を向ける。

「全然いいよ。ちーとご飯行けただけで嬉しいし」

申し訳なさそうに告げる千夏へ、守屋花恋は気さくに返した。それから肩越しに、プラネタリウムの看板を見る。

「でも、ちーからプラネタリウム誘われると思ってなかったな」

幼稚園からの幼馴染である花恋は、これまでの付き合いを思い返す。

「あ、でもそう言えば小さい頃、謎の星座とか勝手に作ってたよね？」

夜空をぼーっと眺めていたかと思うと、千夏は突然星を指さして自作の星座を教えてくれたことがあった。

「あはは、あったね」

千夏は懐かしそうに笑った後、カバンの中から冊子を取り出した。

「天文部の友達がここのイベントよかったって教えてくれて、行ってみたくなったんだ」

プラネタリウムで購入することができるパンフレットには、夏の夜空で見える星とその伝説が書かれている。それから、八月に観測できる流星群と。

「今度、学校でも天体観測会やるんだよ」

「へぇ、楽しそう！」

花恋は他校の行事を知って目を輝かせた。それから肩をすくめて愚痴る。

「健吾はそういう話、全然しないからなぁ」

花恋が『健吾』と呼ぶのは小学校からの腐れ縁の少年、針生健吾だ。今は千夏と同じ栄明に通っており、共通の友人となっていた。花恋は片手を上げて呆れたように溜息をつく。

「大会終わったのに、相変わらず部活部活でさ」

話を聞いて千夏は、小さく笑った。

「でも、わかるな。夏の大会で引退する先輩もいるし……なんか、ここから頑張らなきゃって思うんだよね」

女子バスケ部も、受験勉強のために三年の先輩三人が抜けることが決まっていた。一人は県大会でもスタメン出場していた先輩であり、主力選手が移り変わるのを千夏も他の部員たちも実感していた。

『ここからは、千夏にもっと試合出てもらうことになると思うからさ。期待してる』

　インハイ出場をかけた最後の試合、引退することを決めていた先輩はそう言って千夏の肩を叩いた。

　高校一年で迎えた大会は、千夏にとってそれまでとは違って感じられた。

（ユメカのいない、大会……）

　千夏には、バスケを始めた時から、ずっとその背中を追ってきた同い年の少女がいた。木戸夢佳。彼女のようにバスケをしたい、と憧れて練習を続けてきた。だが夢佳は中学を最後にバスケ部を辞め、高校も別の場所へ進んでしまった。

　突然、何の相談もなく自分の前からいなくなってしまった親友のことを、千夏はこの半年の間で受け止めたつもりでいた。

　それでも大会に出ると、その不在をより実感していた。

　ずっと同期でエースだった夢佳がいないなか、先輩たちの期待に応えていかなければいけない。

（もっと、頑張らないと）

「…………」

「千夏？」

　花恋から声をかけられて、千夏は自分がぼんやりしていたことに気がついた。顔を上げ、ゆっくりと笑顔を作る。

「ううん、なんでもない」

花恋は少しの間、じっと千夏の顔を見つめていたが、呆れ交じりに微笑する。

「頑張るのもいいけど、もうすぐ学校始まっちゃうんだからさ。それまでは夏休み、楽しまないと！」

明るく諭（さと）されて、今度は千夏の方が声を漏らして笑った。

「そう言いながら花恋も仕事いっぱい入れてるじゃん」

今日はその合間にようやく作れた時間だと千夏は知っている。花恋はいたずらっぽく目を細め、髪を払った。

「だから残りの時間はめいっぱい楽しまないと、でしょ」

千夏の腕を抱くと、花恋はレストランフロアを目指して歩き出した。

翌日、大喜は普段の始業と変わらない時刻に学校へやってきた。すでに気温は高く、体育館の上には抜けるような青空が広がっている。

今日は、高校の部活練習に参加する日だった。

「夏休み、残り四日かぁ……」

登校してきた大喜は、歩くだけで汗だくの額を拭って心の中でこぼした。

(残りの日数でできそうなこと、何も思いつかないなぁ)

プラネタリウムの計画が頓挫してしまったあの後、それぞれ駅で別れるまでまたいくつか案を出し合ったが、叶えられそうなものはなかった。

(とにかく今日は、部活に集中!)

せっかくの高校での練習なのだから、と気合を入れ直し、大喜はシューズを履き替える。

そこで大喜は、体育館の中からボールが床を打つ音と、靴裏の鳴る高い音が聞こえてきていることに気がついた。

(あ、バド部以外もやってる)

そう思って中に入った大喜は、思わず小さく声を漏らした。

「あ……」

ネットを隔てて隣接するコートでは、女子バスケ部が練習していた。

目をさまよわせて姿を探すまでもなく、その部員たちの中に千夏先輩の姿を見つける。

(千夏先輩、いる!)

女子バスケ部が、バドミントン部の隣のコートを使って練習していた。同じ時間に使っていたらいいなという淡い期待が実現して、大喜は胸が高鳴った。

千夏は一年生ながら、上級生たちに交じっても遜色ない動きでボールを追っていた。二人のディフェンスを抜き、低い姿勢で鮮やかにドリブルしたかと思うと、シュートを打つ。

(うわぁ、かっこいい……!)

思わず見惚れていた大喜は、後ろからかけられた声にびくっと肩を揺らした。

「お、猪股いるじゃん」

「あ、そっか。今日から中三も一緒か」

中学のバドミントン部から一緒だった先輩が、大喜の姿に気づいて声をかけてくる。大喜は慌てて振り返り、頭を下げた。

「はい! よろしくお願いします!」

挨拶しているうちに匡や他の同級生たちも現れ、ネットを張るのを率先して手伝う。

部活の流れ自体は、中学の時と大きな違いはない。ウォーミングアップとフットワーク練習の後、基礎打ちを始める。だが、高校生たちの動きは当たり前のことながら中学生とは別次元だった。

(すご……先輩たち全然ミスらないな)

基礎練習の打ち合いでもラリーが続き、相手が外したコースも次のショットでたやすく修正される。ネットをシャトルが行き交う速度も速く、中学の練習の雰囲気とはまるで違った。

耳に馴染(なじ)んだ、軽い――だが迫力のあるショットの音が、コートに絶えず響き渡る。

(頑張ら、ないと)

周りを見て、大喜は思わずラケットを握る手に力がこもった。

休憩を挟んで、基礎練習からノック練習へ変わる。コートの向こうから速いペースで飛んでくるシャトルを、正確に打ち返していく。

中学でも取り組んでいる練習だが、高校の部員たちはコート全面に次々放たれるシャトルを素早く拾っていった。ネット近くとコート際を移動し連続でレシーブしていく練習は、相当高いレベルに設定されている。

「針生……お前のノック出し、なんでそんな人の嫌(いや)な場所がわかんだよ……」

1セットを終えた二年の先輩が、コートの向こうに立っていた一年の針生健吾を恨めし気に見た。「もうちょっと手心というか……」とぜぇぜぇと肩で息をしながら呟く。

「上手いノッカーいるのありがたいじゃないっすか」

対して針生の方は、片腕に弾倉(だんそう)のごとく重ねたシャトルを携(たずさ)え、不敵な笑みを浮かべる。

先輩に対しても物怖じした様子はない。

数人の先輩に容赦なくシャトルを打った後、今度は針生たち一年生がレシーブ側のコートに立つ。

連続して飛んでくるシャトルを、針生は落とさないだけでなく反対のコートの狙った場所に返していた。

（針生先輩、やっぱり上手いな……）

床に散らばるシャトルを集めつつ、大喜は一学年上の先輩を見つめる。

針生は中学の時から抜群に上手い先輩だった。練習相手になってもらったこともあるが、大喜にとっては気軽に話しかけられる存在ではなかった。

一年の部員たちが全員ノック練習を終えると、中学三年の部員たちも呼ばれる。

「猪股入れ」

「は、はい！」

（一番だ）

大喜は緊張を振り払うように声を出し、コートに入った。ラケットを構え、ネットの向こうに立つ先輩部員に集中する。

一球目が飛んでくる。大喜はそれを打つ。

だが打った、と思った時には次のシャトルが後方へ飛んできていた。

「あっ」

慌てて後ろへ下がるが、シャトルはかろうじてラケットの縁に当てられただけだった。

次のを取らねば、と思った時には、三本目はコートの前面を目指して打ち出されていた。

(速い！)

見ている以上に、ノック出しのペースは速かった。中学の練習では問題なく打ち返せていた大喜だったが、速度に慣れるのがやっとのうちに1セットが終わってしまった。

(ぜ、全然取れない……！)

大喜は自分が正確に打ち返せたシャトルの数を数える。ラケットに当てられても、コートの向こうへ思ったように返せたのは片手で数えられるほどだ。

想像していた以上に、高校の練習はレベルが高かった。

「っ、切り替えてくぞ」

大喜は気合を入れ直すように、強くタオルで顔をこする。

拭ったタオルから顔を出すと、視界の端には、女子バスケ部の練習風景が映った。

一年ながら二年、三年の部員に混ざっての練習試合で、千夏は全く引けを取っていなかった。バスケに詳しくない生徒が見ても、千夏の動きが抜きん出ているのは見て取れる。

憧れている先輩だから、という理由ではなく、大喜は千夏の姿に目が吸い寄せられた。

(なんか改めて……千夏先輩の凄さに気づかされるな)

少し練習をしただけだったが、中学の時以上に、高校では一年分の差が大きく感じられた。その中で肩を並べてプレーできるということは、本当に才能と実力がある選手なのだ。

「………」

対して今の自分はどうか。大喜はタオルと反対の手に持ったラケットを見る。

最後の試合で不甲斐なく感じた弱点を、しっかり克服できればと今日の練習に臨んだが、なんとかついていくので精一杯だ。

「大喜」

声をかけられて、大喜は振り返った。隣には今練習を終えた匡が、同じくタオルで汗を拭いながら壁際へ戻って来ていた。

「先輩たち、すげー上手いな」

「ああ、うん」

大喜は頷き返す。匡も自分と同じように感じていることにホッとしつつも、だから練習についていけなくても仕方がないとはならない。

(この後からは、先輩たちと練習試合もさせてもらうんだから)

大喜はタオルを首に回し、ラケットを持ち直す。

「頑張らないとな」

意気込んでいる大喜を見て、匡は何か言いかけたが、それより先に大喜はシャトルを集めている高一の先輩たちに声をかけた。

「あっ、俺やります！」

それを見ていた匡は小さく肩をすくめた後、同じ作業に加わった。

「休憩終わったら、後半試合やるぞー！」

ホワイトボードに部員の名前を書き込みながら、部長を引き継いだ二年の先輩が声を張った。

水分補給していた大喜は、立ち上がって自分の名前を確認しに行く。

（総当たり戦だから、一年二年の先輩と順番にやる感じか）

前半の練習は結局、あの後も力んでミスをすることが多かった。試合ではしっかり切り替えて、点が取れるよう気を引き締めていかなければ。大喜は自分にそう言い聞かせる。

そのそばを、高校一年の先輩二人が通り過ぎていく。

「ふっふっふ……ここは格の違いを見せつけてやらねば」

「西田、油断してボロ負けするなよ」

半袖を肩上までまくり上げた一年の西田を、後ろから同じ一年の針生が小突く。

始まった練習試合、大喜は最初、二年の先輩と当たった。大喜が中学一年の時、三年にいた先輩だ。その技術は最後に試合した記憶より格段に上がっており、気を引き締めていたはずなのに開始直後から大喜はついていけなかった。

「猪股、今の返せたぞ！」

「っ、はい！」

大喜は、追いつけなかったショットに歯噛みした。これで4点、連続で先制されている。

（まずは1点、取らないと）

二年分差のある先輩に当たっているのだ。勝てない、は仕方ない。

それでも開く点差は縮めたかった。自分の実力を出し切って負けるなら、かまわない。

けれどさっきから大喜は、いつもなら取れそうなシャトルを落とし、返したシャトルはネットに当たった。

（何やってんだ）

大喜は奥歯を噛んだ。ネット際のミスは、完全に大会最後の試合と同じ流れだ。

（あの試合から……全然成長できてない）

部活がない時も時間を見つけて自主練していたが、成果は感じられなかった。

先輩に2ゲーム先制されて負けた後、審判役を挟んで大喜は次の試合までの休憩に入った。壁にもたれ、ペットボトルの中身を口へ運ぶ。スポーツ飲料で喉の渇きは癒えていくが、悔しさは薄れない。

「………」

さっきまで審判として立っていたコートでは今、針生が二年の先輩と当たっていた。その試合を間近で見ていると、自分との落差がありありと感じられた。

(基礎の精度が、まるっきり違うんだよな……)

高校のレベルの高さを実感し、大喜の中で焦りが増す。今日の練習で少しでも弱点を克服できれば、と思っていたが、自分はまだまったく、そのレベルにすら至っていなかった。

足りないものが、多すぎる。

その認識は自然と、大喜に、中学三年間の成果を考えさせた。

(俺、中学でもっと、頑張ってこなきゃいけなかったんじゃ――)

「千夏！」

その時、隣のコートから聞こえてきた名前に、大喜はびくりと肩を揺らした。思わず声のした方へ顔を向けると、ちょうど千夏が跳び上がり、シュートを打ったところだった。

「今の動き、よかったよ」

「はい！」

弾んだボールをパスされて、千夏はドリブルしながらコート中央へ移動していく。

（千夏先輩、あれって自主練？）

女子バスケ部は早めに昼の休憩に入ったようで、部員たちはコートの外でまばらに固まっている。大喜の休んでいる壁沿いにも、数人の女子部員たちが固まっている。

そんななか、千夏と二年の先輩だけが1on1で練習をしていた。ディフェンス側の先輩をすり抜け、千夏はドリブルからレイアップシュートを打つ。

（ずっとやってる……）

シュートが成功しても失敗しても、何度もセンターサークルまで戻ってきて、同じ練習を繰り返していた。

「千夏、頑張ってるねぇ」

「籠原戦、向こうのガード抜けなかったのよっぽど悔しかったみたいだね」

「むしろ向こうの7番がついただけでも、すごいことなんだけど」

満足するわけないよね～と、同年のチームメイトたちが声を揃えて笑うのが、大喜のところまで聞こえてきた。

県大会、結果として栄明は籠原学園に敗退しているが、千夏がコートに入ってから10点取るまでの流れは、爽快だった。

ドリブルで抜いてシュートを決め、アシストも記録した。同じ一年のチームメイトの活躍を、友人たちは小気味よく感じている。

この試合で、中学の時以上に、『鹿野千夏』の名前は他校のバスケ部が知るところとなった。次に試合する時は、必ずマークされるだろう。千夏が想定して自主練に取り組むのも頷けた。

同級生の一人、ボーイッシュなショートヘアの少女が、肩をすくめて笑う。

「みんな、千夏のこと才能あるみたいに言うけどさ」

その視線は先輩相手に健闘する友人へ注がれる。

「才能とか以上に、ああやって試合の後、できなかったことひたすら練習してるからなんだよね」

コートに立つ姿だけ見れば、千夏は天才的なプレイヤーのように映るだろう。けれど実際は、周りよりも努力をしているというだけだ。他の選手なら、これくらいで十分だ、と思うところよりさらに先へ……地道な練習をひたすら続けているだけ。

「ねー、あれだけ練習できるのほんとすごいよ」

女バスの一人がそう言うと、周りも同感だと頷き合った。

（そっか……）

大喜は、あの千夏のシュート練習の光景を思い浮かべる。床に散らばったバスケットボールを、拾い上げてはシュートを放つ。きっと試合で、あのシュートが入っていたらと思う場面が、あったのだろう。

（そうだよな、千夏先輩だって）

心の中で言いかけた時、大喜の頭に鋭い衝撃が走る。

「いだっ⁉」

振り返ると、足元にシャトルが落ちていた。練習試合をしていたコートから、狙いの外れたスマッシュが飛んできて頭を直撃したようだった。

「すまーん」

「おい猪股〜休憩中だからってよそ見してるからだぞ」

打った先輩がラケットを振り、スマッシュを打たれた先輩から笑い交じりに叱(しか)られる。

「うっ、すみません……！」

頭をさすりながらシャトルを拾って渡す。ぶつけられて謝るのも妙な気はしたが、練習中に注意散漫になっていたのは事実だ。

大喜の声に気づいて、バスケ部の女子たちがバド練習側へ顔を向けた。

「男バド？」

「中学の子じゃない？」

コートにいる千夏と先輩もつられるように視線をやる。頬にかかる髪を払って、千夏の双眸（そうぼう）が真（ま）っ直（す）ぐに大喜を見る。

頭に手をやっていた大喜は、かぁっと顔が熱くなる。

「っ、すみません！」

慌てて頭を下げ、その場を立ち去った。

（最悪だ、千夏先輩にも見られた〜！）

女バスのコートから離れ、大喜は自分の荷物のそばへ飲んでいたペットボトルを置く。代わりにラケットを手に取った。

中断されていたドリブルの音が、再び聞こえ始める。大喜は隣から聞こえるその音に、見ていなくてもさっきの千夏の姿が浮かんだ。

『ああやって試合の後、できなかったことひたすら練習してるからなんだよね』

チームメイトが口にしていた言葉が、その光景に重なる。

（そうだよな……まずは、何か一つだ）

試合の後、自分の成長が感じられず、『もっと頑張らなければ』と突っ走ってきた。じっとしていられず、体育館に寄ってはラケットを振っていた。

ずっと、焦っていた。

こんな自分のまま、中学最後の夏を終えていいのかと、タイムリミットのように感じていたのだ。だから足りないものを、あれもこれもと打ち込んできたけれど。

(何もかも足りないからって)

焦燥感で見えなくなっていた視界が、クリアになる。

(突然、全部できるようになるわけない)

「……よし!!」

大喜はラケットを握ったまま気合を入れる。それからホワイトボードの前へやってきて対戦表を確認した。

(次の試合、早く入りたいな……相手は)

空欄になっているマスを指でたどっていく、と——

「えっ!?」

大喜が思わず声を漏らしたのと、名前が呼ばれるのは同時だった。

「大喜、コート入れー!」

審判に回っていた西田が声を飛ばす。呼ばれて大喜は慌てて振り返る。

コートの反対には、針生健吾がシャトルを打ち上げながら待っていた。


久々に間近に向き合った針生は、以前より大きく感じられた。

「よろしくお願いします！」

「よろしく」

挨拶をして、試合が始まる。大喜は慎重にサーブを打つ。すぐに針生のレシーブが返ってくる。どこに返すか一瞬判断が遅れ、打ったシャトルはネットに当たった。

大喜は落ちたシャトルを拾い上げる。ゆっくりと息を吐き出した。

（相手は、針生先輩なんだから……強いのは当たり前だ）

大喜は自分にそう言い聞かせる。さっきまでなら、やみくもに焦っていたであろう出だしも、今は針生の得点が続いても冷静でいられた。

（公式戦でミスした、ネット際のショットだけは、絶対に取ろう）

大喜は自分の中で、そう目標を立てた。できていない技術は山のようにあるけれど、その全部を一度に克服しようとしてもだめだ。

（そんな器用じゃないしな）

苦笑交じりに、大喜は自分に対して内心でそう呟く。

あれもこれもと要領よくやっていくよりも、一つに向かって突っ走っている方が、性(しょう)に合っている。今までだって、そうやって学んできたはずだ。

1ゲーム目は、当然だが終始針生が優勢だった。けれど最初の練習試合の時より、大喜は自分が動けているのを感じていた。対戦相手の技量と消耗している体力を考えれば、悪くない手応えだった。

大喜はシャトルを片手に取り、サーブを放つ。狙った位置へ打つことはできた——けれど。

(次が来る)

針生がレシーブをミスるほどのコースではない。拾ったシャトルがどこへ返ってくるか、大喜はその動作一つ一つに注意を払う。

(来た!)

針生のラケットは、シャトルを巧みにネット際へ押し込んだ。ネットを掠めて、シャトルが大喜のコート側へ落ちる。

(届、け…っ)

伸ばしたラケットは、何とか床につく前にシャトルの下へ滑り込んだ。不格好なフォームだが、大喜は打ち返す。

「あっ！」

返したシャトルはそのまま、針生のコート内へ落ちた。

打たれた針生よりも、なぜか打ち返した大喜の方が驚いた声を上げていた。

「…………」

シャトルを取りに来た針生は一瞥し何か言いかけたが、黙ったまま試合を続行させた。

練習試合は、奇跡が起こって大喜が一勝を得る――なんてことはなく、2ゲーム先取で針生の勝利に終わった。

「ありがとうございました……！」

息を弾ませたまま、大喜は大きく頭を下げる。対して針生の方は、すでに呼吸が整ってきている。Tシャツを引っ張り、首筋(くびすじ)の汗を拭っていた。

(やっぱり体力が全然違うんだよな……後半バテないように、これからフットワークも強化して……)

大喜は頭の中で、この試合での気づきを並べ立てていく。基礎が足りないと思ったけれど、高校の練習についていくためには、それより前に体力作りなのかもしれない。

（走り込みとか、もっとした方がいいのかも。後は筋トレ……）

頭の中でぶつぶつと独り言を唱えていた大喜は、針生の視線が自分に向いていることに気がつかなかった。

コートを出る時、針生は面白がるような表情で、大喜に向かって呟いた。

「1ゲーム最後のへアピン、あれ拾われると思わなかったわ」

「えっ！」

大喜は大きく目を見開く。これだけは、と思って一つ決めていた目標は、気づいてもらえるようなものではないと思っていた。

（ちゃんと、できてたんだ）

考えれば、中学最後の公式戦後から今日まで、ずっと自分への駄目出し（だめだ）ばかりして、できていたことに目を向けられないでいた。

「っ、ありがとうございますッ！」

大喜は声を張り上げると、勢いよく頭を下げる。その大袈裟なお礼に、針生の方は呆れたように薄く苦笑を浮かべた。

「千夏、オーバーワークもよくないから、今日はこの辺で切り上げるよ」

二年の吉谷（よしたに）に1 on 1を付き合ってもらっていた千夏は、声をかけられて足を止めた。

「はい。ありがとうございました！」

弾んだボールをキャッチすると、千夏は頭を下げる。吉谷は首筋の汗を拭うと、人一倍熱心に練習をする後輩を見つめる。

「千夏のおかげで、私もディフェンス上手くなりそうだよ」

「吉谷先輩は元からディフェンス上手いです」

千夏は真面目な表情でそう返す。壁際へ戻りながら、そんな千夏を吉谷が笑う。

「ありがと。今年のインハイは終わっちゃったけどさ、先輩が抜けた分、こっから期待してるから」

頑張ってこ、と先輩は気さくな笑顔を浮かべる。

ボールを持ったまま、千夏はいつも通り、頷き返した。

「はい」

「ちょっと先輩、千夏だけですかー？」

茶化すように明るく声をかけたのは、千夏と同学年の渚だった。

「はいはい、渚の活躍にも期待してるよ」

じゃれるように肩を寄せて、コートから出る。先輩後輩の仲のよさも、女子バスケ部のカラーだ。

「千夏、一緒にお昼食べよー！」

「えっ、待っててくれたの？」

もちろん、と笑って、渚以外の同級生たちも千夏を囲んだ。涼しい部室へ戻ろうと、それぞれ荷物を携える。

「千夏の自主練見てて思ったけどさ、ウイングの位置から攻める時って」

「それなら、一度パス出してから」

休憩時間だが、話題に上がるのはバスケのことばかりだ。楽しそうに言い交わすチームメイトに連れ立ちながらも、千夏の眼差しはぼんやりとする。

『先輩が抜けた分、こっから期待してるから』

かけられた言葉が嬉しければそれだけ、落胆させたくない気持ちが募っていく。千夏の中で、押し殺していたプレッシャーが首をもたげた。

これからの、高校でのバスケは、今まで以上に求められるものが増えていく。自分には、夢佳のような才能も、チームを引っ張っていくカリスマ性もない。

（その分、もっと、頑張ってかないと）

千夏が胸の中で呟いた時、バスケのコートの方へ、バドミントンのシャトルが飛んできた。

「あっ」

シャトルは部の使用コートごとを隔ててある、ネットに引っかかり落ちる。

「っ、すいません！」

走ってきた、少し硬そうな黒髪の少年は、邪魔（じゃま）したわけでもないのに律儀（りちぎ）に謝り、自分のコートへ戻っていった。

（あ、さっきの）

千夏は、練習している時に聞こえてきた叫び声を思い出す。頭をさすって、慌ててバド部のコートへ戻っていく後ろ姿を記憶していた。

（バド部の……中学の子？）

隣で練習することが多いと、普段と違う顔ぶれがいることには何となく気づく。

同級生の針生と対戦しているのは、どうやら中学三年生の部員のようだ。

（あれ、あの子、確か）

千夏はその中三の少年に既視感があった。

まだ夏休みの前半のことだ。千夏は自主練のために朝から体育館へ向かった。誰もいないと思っていたが、体育館からは軽く鋭いショットの音と、靴音が聞こえてきていた。中には一人きりで、バドミントンの練習をしている中学の男子生徒がいた。

自分が入ってきてもまったく気づいていないほど、その練習の様子には切実さがあった。その姿を見て、千夏は直感的に思った。

（大会の後……かな）

確か中学のバド部の大会は、この辺りの日程だったはずだ。

大会前とはなぜか思わなかった。

何度も、何度も、足元にシャトルをいくつも散らしてラケットを振る時の感情を、千夏は知っていたから。

わかるよ、と千夏は心の中で声をかけたのを覚えている。

中学最後の大会、終わっちゃったよね。

千夏は自分の去年の記憶が蘇り、せつなそうに眉を寄せた。邪魔をしないように、そっと体育館を後にする。

今隣のコートにいるのは、そのバド部の子だった。

「サーブ集中！」

他の部員から声をかけられ、黒髪の少年はよく通る声で「はい！」と答える。ネットの支柱に隠れて見えにくいが、点差はかなりあるようだった。

（けど……）

千夏はその表情を見つめる。

あの時、一人体育館でラケットを振っていた少年の姿には、悔しさが溢れていた。表情はただただ真剣なものだったけれど、自分だけで練習しているのに少しも休まず、自分の体に覚え込ませるように繰り返し同じ打ち方をしていた。息を止めているように、苦しそうだった。

けれど今の表情は、違った。

少年が打ったサーブはネットを越え、針生のコートへ届く。軽く振り抜かれただけで、針生の打ったシャトルは、大喜が構えていた位置から斜め後方へ飛んだ。

あ、と千夏が息を呑んだのと、大喜が飛び出すようにラケットを伸ばしたのは同時だった。ラケットは届かず、シャトルは白線のわずかに内側に落ちる。

「ああっ」

大喜は短く叫んで、崩れた体勢を立て直す。悔しそうな背中だったが、ラケットでシャトルをすくい上げた時には、その双眸には光が宿っている。

ああいう表情をどこかで見たことがある気がした。

苦しいのに、爽快さが込み上げてくるような——そんな感情。

（ああ、そっか……）

千夏は気づいた時、薄く目元に笑みを滲(にじ)ませていた。体育館へ吹き込む夏の風が、その髪を揺らしていく。

重なる姿は、あの頃の自分だ。夢佳に追いつこうと、ただ夢中でバスケをやっていた頃。何かできるようになると壁にぶつかって、その壁を乗り越えた先が、まだ広大に広がっているとわかった時の、胸のすく心地が思い出された。

（あんなふうに、頑張っていけばいいだけだ）

先輩相手に打ち合う少年の姿を見て、千夏は胸につかえていたものがふっと軽くなるのを感じた。

高校になって初めての夏、インハイ予選会では全国の壁を実感した。一緒にやってきた夢佳もいない。それでも先輩から気にかけてもらえている分、これから自分はもっと力をつけなければ……。そんなふうに、気づいたらたくさんのことを抱え込んでいた。

けれど根本にあるものは変わらない。バスケが好きで、だからたくさん練習して、上手になりたい。

自分で選んだこの道は、楽しい。だから続けてきた。

そのシンプルな想いを見失わず進んでいけばいいだけだ。歩いてきた場所を振り返ってみれば、ドリブルもできなかったあの女の子が、全国大会を目標にしている。

「………」

千夏は眩しそうに、隣のコートでシャトルを追う中三の少年を見つめた。

「千夏、行くよ」

声をかけられて顔を向けると、チームメイトたちはもう体育館を出るところだった。

「あ、ごめん」

千夏は足早にその後を追い、日差しの下へ飛び出した。

夏の光に照らされ、その足取りは今までより軽やかだった。


昼休憩を挟んだ後、午後の部活も終えて千夏たちは片付けと掃除を行っていた。他の部活も、今は自主練で残っている部員だけになっており、体育館は閑散としていた。

「色紙、これで全員書いたかな？」

「ねぇ似顔絵これ誰が描いたの？　めっちゃ上手い！」

女子バスケ部は、一年の部員たちが何人か残って、送別会で引退する先輩たちに渡す色紙を確認していた。シールやイラストを添えた色紙を見比べ、楽しそうに盛り上がる。

「これ描いたのは、千夏でしょ」

部員の一人が、色紙の空白に描かれたユニフォームとボールの絵を指さした。千夏は笑って頷く。

「うん。よくわかったね」

「このゆるいタッチは、絶対千夏画伯の作風でしょ～」

笑い合っているところに、入り口から声がかけられた。

「あ、いたいた！　ちー、なぎさ～！」

全員が、声がした扉の方へ顔を向けた。そこに立っていたのは、運動着ではなく、制服姿の生徒だった。

「紗夜（さよ）。どうしたの？」

千夏は不思議そうにそのクラスメイトへ尋ねた。

紗夜と呼ばれた少女は、千夏たちがいる壁際までやってくると、手に持っていたものを掲（かか）げた。

「ねぇこれ、体育館に貼るの手伝って〜！」

持っていたのは、手描きしたものをカラー印刷したポスターだった。それを複数枚、携えていた。

「あ、これ」

千夏はポスターを見て、笑みを浮かべる。

「天体観測会。明日だね」

ポスターには、天文部が主催する観測会のお知らせが記載されていた。栄明高校の天文部は年に何度か、高校の屋上を一般開放して星や月の観測会をしており、紗夜はその部員だ。

「そうなんだよぉ」

紗夜は相槌(あいづち)を打った後、情けなさそうに肩を落とした。

「でもまだ全然人集まってなくて……夏休み前から、校舎の掲示板にも貼ってたんだけど。それで先生に相談したら、体育館にも貼っていいよって」

「まあ確かに、夏休み中なら校舎より体育館(こっち)に顔出してる生徒の方が多いかもね」

渚がそう指摘する。千夏は受け取ったポスターを見て、そこに描かれた流れ星のイラストをなぞる。高校の屋上で、流星群を見よう！　と可愛い字で書かれていた。

そこで千夏は、昨日の出来事を思い出した。

「そう言えば、こないだ紗夜に教えてもらったプラネタリウム、昨日友達と一緒に行ったんだけど……なんか機械のトラブルで見られなくて」

「えっ、そんなことあるの⁉」

千夏の言葉を聞いて、紗夜は大きく目を丸める。

「だからなおさら、本物見るの楽しみだよ。夜、晴れそう？」

「うん！　いちお予報では大丈夫みたい。でも夕立が長引いたら雲がかかっちゃうかなぁって」

紗夜は教室で喋っている時より、少し早口の口調で伝える。明日の観測会を、楽しみにしているのが伝わってきた。

「千夏、これ見に行くのー？」

「うん。渚と行くよ」

クラスの違う他の部員たちは、このイベントについて今知ったようだ。

「私も行ってもいい？」

「あ、私も行きたい！」

「うわーほんと⁉　ありがとー！」

まばらな参加者で終わってしまうのを危惧していた紗夜は、飛び跳ねて喜んだ。

「じゃあみんなで見に行こうよ」

参加者がこの場にいる全員とわかると、千夏がそう提案した。

「うぉお参加者めっちゃ増えた～!!」

紗夜はゴールを決めたサッカー選手かと思うような、ガッツポーズを作る。

ひとしきり笑った後、千夏たちバスケ部も手伝ってポスターを貼っていった。掲示板は広い体育館に何か所かあるが、あっという間に貼り終わってしまった。


午後三時を回って、高校での部活練習は終わったが、大喜は体育館に残っていた。匡や、同じように自主練で残っていた部員たちも、一人また一人と帰っていき、残っているのは大喜だけになっていた。

蟬の声が絶え間なく聞こえてくるなか、大喜は一人、サーブ練習をしていた。

「…………」

頭の中を、さっき先輩たちと行った練習試合の展開がよぎっていく。あれは拾えた、あそこでもっと反応して……と、一つ一つを振り返っていく。

公式の試合の後と、それは変わらない。

結局全敗したが、気持ちは晴れ晴れとしていた。高校二年の部長が、夏休み明けからは中三の部員たちも正式に練習参加するように、と告げた。

(高校の練習が、始まる……)

スポーツドリンクで喉を潤し、大喜は高い体育館の天井を見上げる。それから拭った口元に苦笑を浮かべた。

「今年の夏も結局、バドやって終わりそうだなぁ……」

それも悪くないとは思えた。雛と匡と集まって出かけるのは、夏休み明けだって何か予定は立てられるだろう。

今日が終わればもう、夏休みは残り四日。

(今からじゃ、さすがに難しいもんなぁ)

大喜は、うーんと眉を寄せる。ああ言った手前、雛をがっかりさせてしまうことになることは心苦しかったし、それ以上にあからさまに文句を言われそうではあるけれど。

(うう、罰とか言ってアイスか何か奢らされそうだな……)

大喜は上を見た姿勢のまま、一度大きく伸びをする。痛めつけた筋肉がほぐれる時の、じんわりとした疼痛が全身に広がる。

「はぁ、帰るか」

持参したお弁当は食べたものの、それだけでは足りないくらい体がエネルギーと休息を欲していた。

床に散らばったシャトルを片付け、忘れ物がないようにリュックに詰める。

そこで大喜は、隣のコートへ目をやった。

(そう言えば千夏先輩たち、なんか盛り上がってたな……)

すでにその姿はないが、さっきまで集まって何か話していたのは大喜も気がついていた。女子バスケの部員たちが残っており、そこに制服の生徒がまた加わり、時折笑い声が聞こえてきていた。けれどさすがに、内容までは聞き取れなかった。

(掲示板に何か貼ってたみたいだけど……)

帰るついでに、くらいのつもりで、大喜は壁の掲示板へ寄ってみた。

高校の連絡や委員会のポスター、それぞれの部のスケジュールなどが貼り出された掲示板に、手描きの星の絵が添えられたポスターを見つける。

「ん？　天体観測、会……？」

そこに書かれていたのは、高校の天文部が主催するイベントの告知だった。

「『高校の屋上で、流星群を見よう』……参加者募集中……」

ポスターを読んで、大喜は大きく目を見開く。

参加は栄明中学の生徒も可となっており、日付は――。

「明日の夜！」

大喜は自分のリュックからスマホを取り出すと、そのポスターを撮影し、メッセージとともに送った。

次の日は午後遅く、久しぶりに激しい夕立が到来した。

熱されたアスファルトを冷やすように大粒の雨が降り、道を歩いていた人々が慌てて屋根の下へと走っていく。

降り出した時と同じように、土砂降りの雨は弱まったかと思うとたちまち上がった。

雲が晴れ、町並みの上には、洗われたようなすっきりとした夜空が見え始める。

夜の通学路を、水たまりを避けて大喜は学校へ向かって歩いた。手元のスマホを見て、自分の送ったメッセージを確認する。

大喜は昨日体育館で見つけた天体観測会のイベントを、匡と雛に知らせた。

『これ行かない⁉』

翌日に迫った日程だったが、二人ともすぐに返信が来た。

『え、天体観測会⁉　すごい、行く!』

『行けるよ』

それから匡がメッセージを添える。

『プラネタリウム行けなかったの、まさかここで回収できるとは』

夜間の外出だが、学校主催のものであり、大喜の両親も気軽に「いいよ」と言ってくれた。近場で参加費も無料なので、お小遣いを心配する必要もない。

匡から送られてきたメッセージを見て、大喜は改めて今夜このイベントに行けることに感慨深くなる。

「ほんとだよなぁ、まさか本物の星空、見られるなんて」

大喜は頭上を見上げた。

(流れ星、見えるといいな……)

電線越しに広がる夜空に、ごく小さな星の光が浮かんでいた。

待ち合わせした校門前には、すでに夏服姿の雛と匡の姿があった。

「あ、来た来た」

気づいた雛が大喜に手を振り、匡が声をかける。

「雨上がってよかったな」

「ほんとだよ。雨天中止って書かれてたし」

開放されている校門には、天文部の顧問の教師が立っており、来校した生徒やその家族たちを案内している。大喜たちも中へ入った。普段向かう中学の校舎でも体育館でもなく、高校の校舎の方へ歩いていく。

「それにしても大喜、よく高校の部活イベントなんて知ってたね」

明かりがついた昇降口の方へ向かいながら、雛は大喜へ話しかけた。中高一貫とは言え、文化部のイベントを、中学の運動部の生徒が知るチャンスはそう多くない。

「昨日、高校の部活に参加してたんだよ。それで掲示板に貼ってあるの見て……」

説明した大喜は、その時のことを思い出す。

(千夏先輩の姿見てて気づいたから)

あの時、体育館で千夏たちが掲示板の前に立っていなかったら、見に行かなかったかもしれない。そうしたら気づかないままだった。大喜はこっそりと思う。

(来られたのも千夏先輩のおかげ……なんてこじつけすぎかな)

持参した上履きに履き替え、大喜たちは校舎に入った。外の暗さによって、鏡のようになった窓に三人の姿が映る。

「わ……夜の学校、なんかドキドキする〜」

雛がはしゃいだ声を上げた。中学の廊下や階段と変わりはないが、昼間しか来ない場所に暗くなってから訪れると非日常な気分が増す。

「天体観測会に参加の方、こちらでーす！」

天文部の生徒が、階段の下で誘導している。大喜たちは明かりのついた階段を上がっていった。二階、三階と上がっていき、屋上へ続く階段までやってくる。

「高校の校舎の屋上、初めて行く！」

雛は軽く息を弾ませながらも、顔を輝かせて階段を上がっていった。

「確かに、初めて入るな」

大喜も一段ずつ上がるごとに、わくわくとした気持ちが込み上げてくる。階段を上り終えると、普段閉め切られている屋上扉が開いていた。

入り口にも天文部の部員が立っており、印刷した星座や星の解説用紙を配り、懐中電灯を貸し出ししていた。

「天体観測会にご参加、ありがとうございます！」

受け取って大喜たちは、屋上へ出た。

「わぁ！」

一歩足を踏み入れて、大喜は声を上げた。

人影の向こうには、濃い青をした夜空が広がっていた。さっきまで残っていた夕立雲は消え、空の色がはっきりとわかる。

屋上に集まっている人の手元の明かりが、ランタンのように、あちこちに光を浮かべている。それもまた、夜祭のような雰囲気をもたらし、大喜たちの心を浮き立たせた。

「あっちまで行こ！」

雛が屋上の端を指さし、入り口から広い場所へ移動する。フェンスの向こうに、町や車のきらめきが散らばっているのが見えてくる。

一雨降ったおかげか暑さは遠く、雨上がりのコンクリートの匂いが微かに漂っていた。

「けっこう星見えるね！」

空を見た雛が、嬉しそうに口を開く。匡もまた、感心しながら呟いた。

「学校って確かに、周りが暗いから見やすいのかも」

他の校舎やグランドまで含めれば、栄明高校の敷地はかなり広い。地上で見上げる時には街灯や家々の明かりが邪魔をするが、学校の屋上ならそれらの光源から離れている。

ライトで照らした解説と空とを見比べ、雛はさっそく星を探す。

「えーっと、夏の大三角形が……あれかな！」

「いや、あっちじゃ……」

まったく方角の違う場所を指さした雛に、匡が助け舟を出す。雛は人の頭を避けて、フェンスの前まで歩いていった。

大喜も首をそらして、わかりやすい一等星の光を探す。その横から、声がかかった。

「……なんか、気持ち切り替わった？」

「え？」

大喜は顔を戻し、友人を振り返った。夜風に揺らされて、匡の髪と白い夏服がそよぐ。

「昨日の練習……っていうか、大会の後から、なんとなく焦ってる感じだったけど……すっきりした顔してるからさ」

中学最後の夏、三年間やってきた部活を引退する前には色々思うところがあるだろうと、同じ立場の匡には何となく察していた。

対して大喜の方は、そう言われて目を瞠った。

「え、そんな顔に出てた？」

大喜は意外そうに自分を指さす。いつも通りだと思っていたが、表に出ていたのだろうか、と本気で考える。匡は読み取りにくい表情で小さく肩をすくめた。

「大喜は割とわかりやすい方だと思うけど」

「うっ……」

言われて大喜は言葉に詰まる。反論できそうな理由は、匡との付き合いの中では見つけられなかった。ばつが悪そうに言葉にする。

「中学最後の試合、負けた後……」

その事実を口に出すとまた、じわりと苦さが胸に広がった。大喜は首裏をさする。

「取れたシャトルばっかりだったなぁとか、ミスショット多かったよなとか、考えてたら……三年間何やってきたんだろうって思ってさ」

本当に頑張ってきたんだろうか、という自分への疑いはきっと、千夏の姿と比べてしまうからだ。

「なんか俺、全力でやって、悔しがれてたのかなって」

大喜の話を聞いていた匡は、少しの間続きを待ち、それから「は……?」と怪訝な表情を浮かべた。

「え? いや大喜、お前自分が悔しがってないと、思ってたの?」

「いや、だって……泣くほどじゃなかったし」

しげしげと匡は大喜の顔を見る。それから普段と変わらないトーンで言った。

「別に涙出なくても、悔しい時もあるだろ」

その言葉に大喜は今度こそ、大きく目を見開く。瞬きし、それから吹き出すように笑った。

「は、はは……そうなんだよな」

自分が深刻になっていた悩みなんて、見方を変えれば大したことはないと気づかされる。友達に話を聞いてもらえただけで少しすっきりできるのは、こういうことなのかもしれない。

大喜は追いつきたいような気持ちで、去年の千夏と自分を比べていたことを改めて自覚する。

肩を並べたいと思う、才能ある人が、自分よりずっとずっと努力している。平凡な自分には、その激しい悔しささえ眩しく思えていたけれど。

自分の右手をそっと見た。この三年間、夢中でラケットを振ってきた腕を。

(ちゃんと……頑張ってきたんだよな)

それを肯定できたら、目の前に広がる果てしなさを、焦らずに見ることができた。

(夏休み明けからは、正式に高校の練習に参加させてもらえる)

今の自分ではまだまだ歯が立たないことだらけだが、成長できる予感は、ふつふつとした静かな期待に変わっている。夜、屋上で星を見ているのに、バドミントンのことを考えている自分に大喜は胸の内で笑う。

その時、屋上の中央辺りで、誰かが声を上げた。

「あ、流れ星！」

大喜と匡、それから少し離れた場所にいた雛も弾かれたように空を見る。

さっきと同じ位置に星はあり、凝視するが立て続けには流れていかなかった。

「えぇっ見えなかった！　見えた⁉」

そばへ戻ってきた雛は、空を見上げ続けている大喜と匡に尋ねる。

「いや、見えなかった」

「またすぐ流れるんじゃないかな」

雛は今度こそ見逃すまいと、小さな背をそらし、伸び上がる。

地平から頭上まで星を探して視線を動かしていた大喜は、人の間に、見間違えることのない横顔があるのに気づいた。

（あ……千夏先輩、いる）

自分たちがいる場所から一グループ挟んだ場所に、千夏と同級生らしき女子たちが集まっていた。

屋上のフェンスの前、千夏はじっと星空を見ていた。

さっき流れた星は、見逃してしまった。次、空のどの場所から光が飛び出してきてもいいように、瞬き一つせず注意を払う。

「千夏、真剣すぎ」

吹き出す声とともに脇を小突かれて、千夏は隣を見た。横に立っていた渚は、千夏に声をかけながら自分も空を見上げ続けていた。

「渚だって真剣じゃん」

「そりゃそーでしょ。いつ流れるかわかんないんだから、しっかりマークしてないと」

慌てて千夏も、再び上を向く。二人とも自然と口が開く角度になり、運動部のエースたちが揃って子供のような半開きの口で空を見ているのを、天文部の紗夜が笑った。

「時間がまだ早いから……もう少し経ったら、続けて流れると思うよ」

その言葉通り、しばらく沈黙していた夜空に、細く小さな光が走った。

「あっ」

千夏が目を瞠る。その横で渚も歓声を上げた。

「見えた！　あ、あーっ流れた流れた！」

光自体は大きくない。それでも星の光が筋を描いて消えていくのは、はっきりとわかった。

手元のメモ帳に見えた方角と数を書き取りつつ、紗夜は安堵した表情を浮かべる。

「あーよかった~！　夕立の予報だったから心配してたけど、ちゃんと見えて！」

次の流星を見逃さないように、屋上にいる人たちはみんな空を見上げている。間隔は開くものの、空の高い場所をいくつも星は流れていった。

動画を撮ろうとスマホをかざし、うまくいかないと笑う生徒や、持参したのかビニールシートを敷いて寝そべっている生徒たちもいた。

「あ、また流れた！」

千夏はキラッと光って消えた白い星を見て、歓声を上げる。その様子を見た渚が、隣の千夏へ声をかける。

「千夏、なんか部活の時よりいい顔してんね」

「？」

顔を向けると、渚は肩をすくめるように笑ってみせた。

「昨日の部活の時……っていうか、大会から？　なんかちょっと元気なくなってたでしょ。先輩に褒められてたのに」

薄暗がりの中、千夏は大きな瞳を瞬きさせせる。

「渚、気づいてたの？」

先輩二人と練習していた後、おどけたように渚が話しかけてきたことを、今さらながら思い出す。中学の時から一緒にプレーしてきた友人は、こういう時にはよく気がつくのだ。

驚く千夏に向かって、渚は爽やかに告げる。

「何年友達やってると思ってんの」

かけられた言葉とその表情で、千夏はあらためて肩にこもっていた力が抜けた。星を探すように空を見て、ぽつりと呟く。

「うん。なんか……インハイ終わって、先輩も引退して。これから、もっとバスケ頑張ってかなきゃって、ちょっとプレッシャー感じてんだけど」

千夏は自分の中に仕舞っていた感情を、ゆっくりと言葉に紡ぐ。口にしてしまえば、もっと早く、渚に話せばよかったと千夏は思った。こういうところがずっと下手なままな自分に苦笑しながら、千夏は息を吐き出すように続ける。

「でも、昨日は、初心を思い出せたっていうか……」

夢佳に憧れて始めたバスケットボールは、千夏にとって人生の一部になった。

上手くなりたくて毎日毎日練習して、ドリブルができるようになったりシュートが入ったりすることに歓喜して、でも上達するにつれてその難しさに気づく。マークされた時どうやって抜くか。どうリバウンドを先んじるか。対戦相手に合わせて攻め方、守り方を変える。

今日、シャトルを追いかけていたあの中学三年の男の子は、そんな自分を思い出させてくれた。責任を感じたり、過去を気にしたりしても、バスケが〝楽しい〟が負けることはないのだ。あの頃の気持ちを、何度だって思い出していけばいい。

「私も頑張ろうって思えたんだ」

千夏は星空を見上げながら、そう宣言した。

相変わらず摑(つか)みどころのない友達の物言いだが、渚は詳しく聞くことはしなかった。肩をすくめて笑いかける。

「そっか。よくわかんないけど、よかったね」

言ってから渚も空を見た。遮(さえぎ)るもののない屋上を、さぁっと夜風が吹き渡っていく。

「うん」

千夏がそう頷いたところで、輪から離れていた紗夜が「これ使って！」と言いながら戻ってきた。手に持っていたのはビニールの敷物だ。天文部の備品のようで、ゆるいキャラクターの絵のそばに『栄明高校☆天文部』とマジックで書かれている。

「みんなで座って見ようよ！」

「うわ、嬉しい～！」

「ありがとう」

渚と千夏が、紗夜の反対側を持ち、他の部員たちも手伝って大きめの敷物を広げた。夜風に煽られてビニールがはためく。荷物で端を押さえた後、めいめい腰を下ろした。千夏も渚の隣に座り、持ってきたカーディガンを膝にかけた。

膝を抱え、千夏は頭上に輝く星を見上げる。

「…………」

きっと少し前までなら、もっとせつない気持ちでこの遠い星を見ていただろう。けれど今は、その口元に穏やかな笑みが浮かんでいる。

千夏は改めて渚と、そして今日一緒に訪れたチームメイトたちの存在を噛み締めた。

夢佳がいたらと考えることは、きっとこの先もあるだろう。

けれど、一緒にバスケをやってきた仲間は、夢佳だけではない。

「みんなも、いてくれるし」

千夏が口にした言葉を聞いて、渚は今度は誰のことを考えているか察した。千夏の肩を抱くと「当たり前でしょ」と笑って告げる。

「えー、何の話～？」

「ちょっと二人だけで青春しないでよー」

冗談めかして言った一人が、渚の肩にぶつかるように腕を回した。

「待って重い、っていうか暑い！」

じゃれるように笑い合うチームメイトたちにつられて、千夏も声を上げて笑った。手元の明かりに、仲間の屈託(くったく)ない笑顔が浮かび上がる。

（一人じゃない。みんながいる。このメンバーで、きっと、来年こそ……）

「あっ！」

そこで千夏は、何か思い出したように声を上げた。驚いたように渚や紗夜、そばにいた友達が視線を向ける。

千夏は目を丸くして、口を開く。

「そう言えばまだお願いごとしてない！」

どんな深刻なことを忘れていたかと思えば、流れ星へ願いをかけていない、という気づきだった。千夏の顔を見て、渚は吹き出す。

「はは、それじゃ次流れたら唱えよ」

「千夏が何願うか、わかっちゃうけどね～」

バスケ部員たちは楽しそうに顔を見合わせた。千夏が、と言いつつ、結局ここに集まっている面々が願掛けと言われて口にする言葉は変わらない。

全員が空を見上げて、その時を待つ。

つうっと星の筋が光った。千夏は両手を合わせる。そして『願い』と言うより『誓い』のように告げた。

「来年、インターハイ出場できますように」


（インターハイ……）

大喜は、人の間から聞こえてきたその言葉を、頭の中で反芻する。

（やっぱ千夏先輩の目標は、そうなんだよな）

去年の夏、千夏は全国大会を逃して涙していた。同じ中学三年生に追いついてみて、自分が想像していた以上に、『三年間の最後』は一つの節目という意識が湧いた。

（俺も……もっと）

「ああっ、今の大きくなかった⁉」

頭上を指さして、雛が声を上げた。

「けっこう光ってた」

見ていた匡も、そう答える。感動は伝わりにくいが、その目はいつもより開かれている。対して雛は全身で感動をあらわにする。

「すごくない？　山とか行かないと、こんなふうに星なんて見られないと思ってた」

仮に学校の屋上なら見られるとわかっても、こうしたイベントがなければ個人で開放してもらうのは難しい。

雛は大喜の方を見て、屈託ない笑顔を浮かべる。

「中学最後の夏休み、思い出作れてよかった。ありがと！」

その顔からはもう、仕方ないと言い聞かせて無理に笑う表情は消えていた。大喜も笑顔で頷き返す。

「うん」

自分たちの一番の優先順位は、部活だ。小学生の頃から成績を残してきた雛にとっても、それはぶれることはないだろう。

けれど自分たちは、十五歳だ。

部活以外の思い出だって、たくさん作っておきたい。夏が来るたび、小学校のプールを懐かしく思うみたいに、中一の時の花火大会に行きたくなるみたいに。

友人が口にした、『どっちか選ぶ必要なくない？』は正しい。

一つ二つと、また星が連なって流れていく。

それを見て雛は慌てて両手の指を組み合わせると、目をつむる。最初から決めていたかのように、早口に唱える。

「来年は新体操で優勝もして、花火大会にも海にもプールにもキャンプにも行って、夏の思い出いっぱい作れますよーに！」

欲張りだな、と、大喜はいつものようにそれを笑おうとして、やめた。

「そうだよな。欲張らないとな」

大喜は両手をパンパンッと打って合わせる。

今よりもっと、上を目指せているように――。

「来年は今年よりもっと、悔しがれますように！」

「なんだその願い……っていうか、目標？」

「星に願う時、手叩く人初めて見た……」

神社じゃないんだから、と雛に突っ込まれ、匡には呆れられる。

「い、いいだろ別に」

気合を入れたつもりだったが、そう言われて急に恥ずかしくなる。大喜は今度は音を立てずに、胸の前で手を合わせた。

（頑張るのは、手が届く、一つ一つでいいんだ）

焦っても自分がこなせることなんて知れている。遠回りに思えても、着実にやっていく。

でも目指す場所は、これくらいなら達成できるだろう、なんて日和って決めたくない。

（手の届かない、星のような目標を、掲げたい）

目指すのは、自由だ。

大喜は空を見上げる。目が慣れてきたのか、夜が更けてきたためか、最初に瞬いていた
星もさっきよりキラキラと大きく見えるようになった。

あれはベガ、あれはアルタイル。

天の川を挟んで光る、夏の星たち。

大喜はちらりと、立ち並ぶ人の合間から、千夏の姿へ視線を向ける。

（それから、千夏先輩に）

口には出せない願いを、大喜はそっと呟いた。

（今よりほんの少しでも、近づけますように……）

祈ってから、大喜は小さく胸の内で笑った。

（……やっぱりいいや）

それは自分で、叶えようと思った。それこそ、今はまだ星を目指すような遠さだけれど。

大喜はそう自嘲して、小さく肩をすくめた。

夜風が吹いていく。まだ蒸し暑さはあるものの、雨上がりの空気には涼しさが混ざり始めていた。盛夏の頃とは風の肌触りが変わっている。

楽しい思い出を作っても、苦しい壁を一つ越えても、夏が終わっていく時間は等しくせつない。その過ぎていく季節のせつなさを、大喜は胸いっぱい吸い込む。

未来を待つ少年少女たちの頭上を、また一つ、小さな星が流れて消えた。

夏休みが明け、二学期が始まった。

最終日は夜までかかって宿題と格闘し、「中学最後の夏休みも変わらないわねぇ」と母に呆れられ、結局来年も同じことをしてそうな予感がした。

夏の終わりなんて、なんだかんだ毎年、バタバタと慌ただしく過ぎていってしまうものだ。

(終わりって言っても、普通にまだまだ暑いし)

大喜は手でひさしを作って、朝の陽光を遮った。街路樹に透かして、空はまだ真夏の鮮やかさで広がっている。

始業にはかなり早い時刻に、大喜は学校へ向かって走っていた。

高校の部活に参加するようになり、朝は自主練に来ていいと教えられた。だから誰より も早く来て、練習しようと決めた。

何もかもまだ足りない自分にできること、と考えた時、『人よりもたくさん練習しよう』と思った。単純だが、最後に味方してくれるのは、きっとそこだ。第3ゲームの後半、踏ん張れるかどうかは、底上げされた基礎に支えられている。

そんなこと当たり前だが、バドミントンは星に願っても上手くならない。

最後に運が味方してくれるように、日々努力し続けるしかない。

（あー、なんだっけ……国語でやったな、そんなことわざ）

通学路を歩みながら、大喜はテスト前に詰め込んだだけの知識を、懸命に引っ張り出す。国語教師が黒板に、チョークを走らせて書いた文字が浮かんだ。

『人事を尽くして、天命を待つ』

自分ができることは、一つ一つ地道にこなしておく。チャンスが来た時に、それをきちんと、勝利に変えていけるように。

「あ……トンボ」

横断歩道で立ち止まった時、つぅっと目の前を赤トンボが飛び去っていった。

まだ蝉の声は聞こえているが、朝の空気には秋らしい爽やかさも感じられ始めた。早朝に起きると少しずつ、日が昇るのが遅くなっているのがわかった。

きっとだんだん、風が乾いて涼しくなり、どこかから金木犀の香りがし始める。朝練や夜練の時、肌寒く感じるようになる頃には、季節は短い秋を終え、冬に移り変わっているだろう。

大喜は体育館へ向かって、朝の光の中、走っていく。

季節は進む。

感傷に浸る時間も惜しくなるほど、目まぐるしく――あっという間に。

たどり着いた体育館の前、大喜は息を整えながら靴を履き替えた。一歩入って、目を見開く。

（あ……）

誰もいないと思っていた早朝の体育館には、すでに人影があった。

バスケットボールの跳ねる音が響く。キュ、と鳴る、シューズの音と。

そこには、朝練をする千夏の姿があった。大喜は思わず、あの星空の下で、祈った言葉を思い出していた。

『千夏先輩に』

『今よりほんの少しでも、近づけますように……』

叶った、と言うにはささやかすぎるかもしれない。でもこれは——

（……接点）

大喜は一歩踏み込んだ。走ってきたせいではなく、鼓動(こどう)が速くなる。

体育館の二階窓から、朝日が降り注ぐ。

シュートを放つ千夏の姿が、光の中に浮かび上がった。

＃2

このシュートが入ったら

帰りのＨＲが終わると、教室には誰もいなくなった。

がらんとしたその場所で一人きり、木戸夢佳は自分の席に座って手元の用紙を見つめていた。椅子を後ろへ揺らすと、ショートより少し伸びた黒髪が無造作に揺れる。

（……提出、明日まで、か）

夢佳はそこに書かれた『進路希望』の文字と、空欄のままの枠を見るともなしに眺めた。

普段その性格を表すように鋭い目つきは、今はどこか力を失って茫洋としている。

栄明中学の三年生である夢佳は、本来なら他の生徒同様、この進路希望調査表は形式上のものとなるはずだった。栄明は中高一貫校であり、ほとんどの生徒がエスカレーター式に隣接する栄明高校へ上がる。

「……はぁ」

夢佳は息を吐き出すと、紙を折ってカバンの中へ突っ込んだ。カバンの中には教科書やノートと一緒に『彩昌高校』と書かれた受験資料が仕舞われていた。

「…………」

夢佳は少しの間、その文字をじっと見つめる。

静かな放課後の教室、窓の外からは運動部の声援が聞こえてきていた。日が傾いていき、差し込む光は朱色を帯びていく。チョークの消し跡が残る黒板に、夕日を受けて窓枠の影が浮かんだ。

「帰ろ」

夢佳は前髪をくしゃりと掻くと、カバンのファスナーを勢いよく閉めた。揺らしていた椅子から立ち上がり、荷物を肩にかける。

少し前まではまだ夏の名残が感じられる陽気だったのに、十月に入った途端、急に朝晩の空気が冷え、日が短くなった。

廊下に出て階段を降りていくと、同じ学年の生徒が数人、足早に夢佳を追い抜いていった。

「今日、外練からだっけ?」

「うん。先輩たち秋合宿のミーティングで遅れるって」

三年は夏で中学の部活を引退しているが、一貫校の強みとして春の入学を待たず、高校の部活練習に参加していた。スポーツ強豪校でもある栄明は、特に運動部に所属している部員ならそれが一般的だ。

だから三年生も、中学最後の大会を終えていても、授業が終われば部活へ参加している。夢佳のように帰宅する生徒の方が少ない。

昇降口から外へ出ると、夕方の空気は一段と肌寒く感じられた。夢佳はまくっていた袖を下ろした。

制服のシャツにベスト、肩に通学カバンを掛けた夢佳のそばを、タオルを首にかけた運動着の生徒たちが通り過ぎていく。

「あー、今日の走り込みキツすぎる〜!」

「ははっ、この後、基礎練とかムリだって!」

そう言いながらも、汗を拭った顔はどれもが溌剌としていた。部員同士で笑い合い、時に悔しそうな仲間の肩を叩く姿が、夢佳の横をすり抜けていく。

見慣れた光景の中を、能面のような顔つきで夢佳は歩いていった。なんてことのない放課後の風景も、今の夢佳には鬱屈とした気分にさせられた。

「……そんなに頑張って」

自分にしか聞こえない声で、夢佳はぼそりと呟く。

「何になるの」

呟いた途端、ダンッと床にボールが打ちつけられる音が聞こえて、弾かれたように顔を上げた。

「……っ」

気づけば、体育館のそばまで来ていた。開いたドアからは、女子バスケ部の練習風景が見えていた。

夢佳は苦々しく内心で舌打ちする。

（ああ、もうっ……こっちから帰るつもりじゃ、なかったのに）

体育館のそばを通りたくなくて、少し遠回りして校門へ向かおうといつも思うのに、何も考えていないとついこのルートを通っていた。

体が、覚えているまま。

夢佳は今さら踵を返すのも馬鹿らしく、早く立ち去ってしまおうと思ったが、そこで扉の向こうの景色に目が吸い寄せられた。

「リバウンド！」

「ナイスー！」

部員の掛け声とともに、キュ、キュと忙しなく動く靴の音と、バスケットボールが床を打つ音が響く。Tシャツの上からビブスを着た部員が、コートの中を駆け抜けていく。

夢佳は感情の消えた表情で、その練習風景を眺めた。

自分が、今年の夏までいた場所。

栄明女子バスケ部。

ただ立って見ているだけなのに、夢佳の中でコートを走る感覚がまざまざと蘇(よみがえ)ってきた。バスケットボールの重みと、ざらりとした質感。ユニフォームの匂(にお)い。速攻(そっこう)、と鋭い声が聞こえてくれれば、反射で足が動きそうになるくらい、それは長い時間、夢佳の居場所だった。

「今の、中三のメンバーも動きよかったよー！」

笛が鳴り、女子部員が声を張る。それで夢佳は気がついた。

（そっか、高校の女バスがやってるのか）

三年の見知った顔がいたので気づかなかったが、コートを使っているのは中学の女子バスケ部ではなく高校の方だった。

（そりゃそうだよね、もう十月なんだから）

夏休み明けからもう一か月以上経(た)っているのに、夢佳は自分の周(まわ)りだけ、時間が止まってしまっているような気がした。

（みんなは……もうとっくに、前に進んでる）

「……あ」

その時夢佳の目に、一人の部員の姿が映(うつ)った。同い年のその少女は、高校の先輩から何かアドバイスを聞いているのか、ボールを持ったまま真剣に頷(うなず)いている。

(ナツ……)

ナツ、と愛称で呼んだのは、ずっと一緒にバスケをやってきた親友、鹿野千夏(かのちなつ)だった。

千夏は先輩に小さく一礼するとその場を離れる。その拍子(ひょうし)に、千夏の視界に体育館の扉が入った。

「あ、ユメカ……」

目が合いそうになった瞬間、夢佳は前髪を片手で払って歩き出した。気づかなかったふりをして、体育館を離れていく。

「…………」

視界から消しても、体育館の中でぽつんとたたずむ千夏の姿が目に浮かんだ。夢佳はその姿を頭から振り払うよう、足早に校門へ向かっていく。

(今さら何も言うことなんてない)

夢佳は夕暮れを背に、栄明の体育館を振り返った。

自分はもう、バスケをやめたのだから——。

千夏と初めて出会ったのは、小二の時だった。

その頃、すでにミニバスのチームに所属していた夢佳は、周りより抜きん出てバスケが上手(うま)かった。

後からチームに入ってきた千夏は基本的なドリブルもシュートもままならず、そんな千夏を他の子はいないところで笑った。けれど夢佳は、そういう雰囲気に同調する気になれず、ちょっとうんざりしていた。確かに千夏は下手(へた)かもしれないが、上から目線でそう評する子たちより、はるかにたくさん練習していることに、夢佳は気づいていたからだ。

実際、結果はそう時間がかからないうちに、明らかとなった。

コーチから『期待している』と声をかけられ、ユニフォームをもらったのは千夏の方だった。それでもまだ千夏を悪く言うチームメイトに対し、夢佳は言い放った。

『愚痴(ぐち)ってないで練習すればいいじゃん』

今まで夢佳は自分より優(すぐ)れたチームメイトに出会ったことはなかったが、千夏の練習への熱意は、初めてすごいと思えた。

『あの努力できる力には、憧れるけどね』

それはフォローで口にした評価ではなく、夢佳の本心から出た言葉だった。

（それにナツは……）

誰よりもバスケが好きだった。

最初の頃、一向に成功しないシュートに見かねて教えると、目をキラキラさせて尋ねた。

『〝こう〟って、どうやるの!?』

人見知りで、どこかぼんやりとした性格と思っていたが、バスケのことになると千夏は夢佳がたじろぐほど積極的だった。呼ばれ方が『夢佳ちゃん』から、『ユメカ』に変わる頃には、すっかり仲よくなっていた。

夢佳は、その頃を懐かしく思い出す。

バスケが好き――その気持ちの強さが共通点で、絆だった。

「……だった、のにな」

通学路を進みながら、夢佳はいつの間にか、足取りが重くなっていた。

逃げるように学校を出てきたはずなのに、家が近づくにつれ憂鬱になっていく。

（帰っても、どうせ空気悪いし……）

夢佳は溜息を吐き出す。仕事から帰ってきても母親は、疲れているか不機嫌か、父と言い争っているだけだ。

夢佳は少し考えて、大通りから逸れた。どこに続いているのかわからなかったが、普段通らない道へ入っていく。

車通りが少なくなると、辺りは途端に静かになった。街路樹が風に吹かれて、乾いた音を立てる。どこからか、子供の笑い声が聞こえてきた。

夕陽が、家の屋根や電柱を照らす。

夢佳は一本道を曲がっただけで、来たことのない土地を歩いているような気分がした。寄り道して、時間を潰して帰ろう。そんなことを考えてスマホの時刻をちらっと確認したが、まだ学校を出てから大した時間は経ってなかった。

（部活の時間って、こんな長かったかな）

秋なんて少し練習しているうちに、すぐ体育館の外は暗くなっていたのに。夢佳は、淡い色に染まる夕焼けの雲を見上げる。

今まで、学校が終わってから時間を持て余したことなどなかった。

小学生の頃からずっと、授業終わりのチャイムが鳴るのももどかしく、バスケをしてきた。急にその時間がぽっかりと空いて、夢佳は自分が何をしたらいいのか途方に暮れていた。

（……バスケ以外に、趣味なんてないし）

自嘲するように呟いた時、突き当りに公園が現れた。

「あ……こんなとこ、あったんだ」

比較的大きな公園のようで、遊具の他にスポーツ用のコートが作られている。さっき遠くから聞こえてきた子供の声は、どうやらこの公園からだったようだ。

夢佳はゆっくりと、中に入っていく。夕暮れの中、植えられた木々や訪れている人の影が、長く伸びていた。

（ここで時間潰してから帰ろうかな）

ベンチを探して歩いていた夢佳の耳に、ダン、ダン、と聞き慣れた音が届いた。

「！」

思わず、音のする方へ振り返った。

そこには屋外用のバスケコートが作られていた。

「あ……」

支柱に設置されたゴールの下、少女が二人遊んでいた。一人が打ったシュートは、リングに当たることなく綺麗にゴールネットを揺らす。

（へぇ、けっこう上手いじゃん）

眺めていた夢佳は、そばにベンチを見つけて腰を下ろした。

少し見ていれば、少女たちの動きは遊びでやっているわけではなく、きちんと指導を受けているものだとわかった。

「………」

夢佳に最初にバスケを教えてくれたのは、父だった。天気のいい休日はよく、こういう公園のコートに赴いて一緒に遊んだ。

『夢佳、バスケは好きか?』

当然でしょ、と満面の笑顔で告げた夢佳に、父はよく似た笑い方をする。

『その気持ちを、大切にしろよ。好きって気持ちは、最強な感情なんだからな』

その言葉は、幼い夢佳の胸にすり込まれた。

バスケの才能や技術以上に、バスケを『好き』な感情は、誰にも負けない。それが自分を肯定する、強い自信になった。

(でも……)

ベンチに座った夢佳の耳に、ボールの弾む音が届く。その音は自然と、部活の風景を呼び起こした。

(もう『最強』じゃ、ない……)

中学に入ってからの練習は、これまでとは格段にレベルが違った。対戦する学校も圧倒的に強くなり、思うようにプレーできなくなっていった。

一年の間はそれでもまだ、千夏やチームのメンバーとともに活躍できた。栄明中学のユニフォームを着て出場した新人大会、夢佳たちは他校を破り優勝を勝ち取った。この勢いのまま、自分たちの世代はインターハイに行くんだと思えた。

だが、栄光は一瞬だった。

周りは自分より上手い選手ばかりで、今までのバスケは通用しない。練習でも、もっと高いテクニックや連携が求められ、最後まで走り抜く体力でさえ足りないと痛感させられた。

今までバスケで躓いたことのなかった夢佳にとって、それは初めて経験する挫折だった。

そんなきつい練習の合間、息を切らして隣を見ると、同じように疲れ果てながらも千夏の目には強い光が宿っていた。

上手くいかない時もめげず、むしろ壁にぶつかるたびに、その課題とまっすぐに向き合い前を目指す。汗を拭ってまた走り出す千夏の姿は、それを楽しんでいるようでさえあった。

（努力できる、力……）

千夏はきっとずっと初めから、逆境の中でバスケをしてきたのだ。

対して自分はどうだ。

才能に驕(おご)っていなかったと本当に言えるだろうか。

練習で、手を抜いたことはなかったか。

バスケの、楽しいところだけを、好きだと思っていたのではないか。

夢佳は気づけば毎日、そんなことを自問していた。

バスケが上手い自分が、バスケが心から好きな自分が、夢佳のアイデンティティだった。

最大の自己肯定。その気持ちを原動力に走ってきたけれど、夢佳は、バスケに対する自分の感情が、もう今までとは違ってしまっていることを、認めざるを得なかった。

(もう私、バスケのこと……)

好きじゃないのかもしれない。

ボールに触れるのが待ち遠しく、試合に出るのはそれ以上に高揚していたはずなのに、
三年最後の夏の大会は、終わってほっとしていた。

(けど……ナツは違った)

夢佳は夏休み、一人体育館でシュート練習をする千夏の姿を思い返す。

栄明中学は、あと一歩のところで全国大会出場を逃(のが)した。接戦を続けていた第4クオー

ター、千夏のあのシュートが入っていればという瞬間があった。もちろん、チームの敗因はそれだけではない。夢佳は、自分のシュートが何度もリングを弾いて落ちていったのを思い返す。

シュートが入らなくて悔しかったはずなのに、それを跳ねのけて前へ進もうとする力は湧かなかった。

けれど、千夏は違った。辛さや悔しさから逃げ出さず、次の試合を見据えていた。悔し涙を流して一人練習する千夏の姿は、眩しかった。

その姿に夢佳は悟った。

自分はもう、千夏と肩を並べてバスケはできないのだと。

もう前みたいに、バスケに対してひたむきになれない。

(ナツは前に進んでる……でも私は)

だから中学の部活を引退するとそのまま、バスケ部を去った。誰にも、千夏にも、何の相談もしなかった。できるわけがなかった。

自分は、逃げ出したのだ。

夢佳は自分を嘲笑う。もうきつい練習をしなくてもいい、震えを隠して試合に出なくてもいい。そう思った途端、情けないほど安堵していたが、その気持ちはほんのひと時だけだった。

後には、大事なものを失った、空っぽの自分だけが残った。

（これ以上、栄明にいる意味も、ないんだよね……）

夢佳はカバンに手を置いた。中に仕舞った紙切れと、受験資料の冊子のことがずっと頭の片隅に貼りついている。

残照が、辺りの景色にゆっくりと陰影を添えていく。頬に当たる風がひやりとした。

今までなら、バスケの邪魔になるからと短く切っていた髪が首筋にかかり、夢佳は煩わしく襟から払う。

（はぁ、何やってんだろ）

夢佳はこんなところで、体育館からも家からも逃げるように過ごしている自分に苛立った。バスケをやめてから時間は停滞しているように思えたが、季節は三年の秋を迎えている。遠ざけていたくても、自分のこれからを、決めていかなければならない。

夢佳は溜息をついて、ベンチから立ち上がった。

その時、コートからボールが弾んで転がってきた。

「あっ、すみません！」

パスを取り損ねた少女が声を発する。夢佳は転がっていたボールを目で追い、一瞬の躊躇の後、手を伸ばした。指先が慣れた仕草で、その曲線を掬い上げる。

最後にバスケットボールに触れてから、一体どれくらい経ったのだろう。少女たちのボールは使い込まれているが、空気はしっかりと入っていて硬い。夢佳はその手触りと重さに目を細めた。

少女たちは無言でボールを持つ夢佳の姿に、少しだけ怯む。

「あの……」

夢佳は両手でボールを持ち直すと、少女たちを見て、それからその先のゴールリングへ視線を向けた。

刹那、目の前の光景に試合の風景が重なり合った。高い天井に反響する歓声、鳴る靴音。自分の息遣いと鼓動、相手チームの視線。プレッシャーを切り裂くように、親友の声が響いた。

『ユメカ!』

夢佳はボールを構える。額の前へ掲げると、腕は滑らかに動く。

(もし、このシュートが入ったら……)

心の中で続きを唱えると、夢佳はゆっくりとボールを放った。

放物線を描いて飛んできたボールが、微(かす)かな音を立ててゴールリングを通り抜ける。

住宅地の中にひっそりとある小さな公園、そこには半面のバスケットコートが作られていた。

ストレッチをしていた千夏は、後ろから飛んできたシュートに驚いて振り向いた。

「ユメカ！」

そこに立っていたのは、親友の夢佳だった。お気に入りのオーバーサイズのTシャツに、スポーツブランドのリュックを背負っている。短く切った黒髪は幼い頃から変わらないヘアスタイルだが、小学校を卒業した今は年齢以上に大人びて映った。

「お待たせ」

夢佳はニヤリと笑うと、荷物をベンチに下ろした。千夏は突然のシュートにも驚いたが、転がってきたボールが今まで使っていたものと違うことにも驚いた。

「このボール、どうしたの？」

千夏が拾(ひろ)い上(あ)げたボールは、汚れ一つなく手触りも違った。夢佳は得意げに明かす。

「いいっしょー。お父さんが新しいの買ってくれたんだよね」

千夏のそばへ来た夢佳は、そのボールのロゴを示す。

「かっこよくない？　ちゃんと外用のやつだし」

「うん。それに、新品の匂いがする」

鼻先にボールを持っていって、千夏は表面の匂いを嗅いだ。

「そこ？」

相変わらず少しずれた物言いをする友達に夢佳は呆れ笑う。


中学への入学をひかえた、長い春休み。夢佳と千夏は毎日、バスケの練習に明け暮れていた。春から入るバスケ部は強豪で、二人は置いていかれることがないようにと猛練習の予定を組んだ。

体育館が使える時は屋内でも練習していたが、春は外で過ごすことも多かった。空気は柔らかく、陽だまりの中を、爽やかな風が吹き抜けていく。その風に乗って、近くに植えられた桜の並木からは、コートのある方まで薄紅色の花びらが吹いてきていた。

「ここ、全然人来ないから一日中練習できていいよね」

ウォーミングアップ代わりの基礎練をやりつつ、千夏は夢佳にボールを投げる。キャッチしながら夢佳は笑った。

「まあボロいしね」

ゴールネットはところどころ破れているし、コートのラインは消えかけている。大きな公園に行けば、もっと整備されたコートもあるが、人が多くなるので使用は共有するかたちとなる。

そもそも、遠くへ移動する時間すら、今の夢佳や千夏には惜しく思えた。

パスやシュートの基礎練習をした後、いつものように1 on 1に移る。ドリブルをすると、体育館の床とは違う、音程の上がった音が響いた。

「っ!」

ボールを持っていた千夏が、夢佳の横をすり抜けゴールを目指す。隙をつかれた夢佳がわずかに目を瞠る。

そのまま千夏はゴール下へ迫ったが、シュートを打つ前に夢佳が先回った。マークをかわしきれないと判断した千夏は、シュートせずに仕切り直そうとした。だが結局、夢佳にボールを奪われてしまう。

「今のシュート、打てばよかったのに」

夢佳はボールを拾い上げ、そう告げた。息を弾ませて千夏は、夢佳の方を見る。

「ナツさ、試合でもプレッシャーかけられたら、パスに切り替えること多いよね」

指摘しながら、夢佳は千夏へボールを投げる。

「その判断もアリだけど、ちょっとくらいシュートチェックされても自分で決めてける力つけてった方がいいよ」

「うん。わかった」

パシ、と軽い音を立ててキャッチし、千夏は頷く。

はたから見れば、試合でも今の練習でも、千夏のシュートは十分入っているように見える。だが一緒にやってきた夢佳には、千夏がさらに成長できるポイントに気づいていた。

(千夏はまだもっと、上手くなる)

夢佳は、頭の中でさっきの場面を反芻(はんすう)しているのであろう友人を見て、目を細める。

手厳しい指摘に対してもしっかりと耳を傾け、素直に吸収していく。上達していくと、どこかで人に指摘されることに反発を覚える人間も少なくない。だが千夏には、そういうつまらない意地がないのだ。

(ま、元からの性格ってのもあるだろうけど……)

ドリブルを始めた千夏は、動きが止まっている友達を見て首を傾げた。

「ユメカ?」

「ん、何でもない」

言うと同時、夢佳は千夏の手にあったボールを奪って、横をすり抜けた。

「あっ」

千夏は慌(あわ)てて後を追いかける。夢佳の前に回り込み、シュートを阻(はば)もうとするが――。

「こう！」

千夏のディフェンスをかわして、夢佳はシュートを決めた。着地すると、ニッと千夏へ笑いかけた。


「あれ、コート誰かいるじゃん」

夢佳と千夏がそうやって1 on 1の練習を続けているなか、ふいに低い声がかかった。

「珍しい〜。なんか女の子遊んでる」

ボールをキャッチした夢佳が視線を向けると、公園の入り口に四人の少年が立っていた。私服だったが、体格や雰囲気から中学生だろうことはわかった。一人がボールを小脇に抱え、そばのベンチに荷物を下ろす。

「えー、俺らだけで使おうと思ってたのに」

「……声かけて、代わってもらえば？」

四人分の視線が、じろじろとコートにいる夢佳と千夏へ注がれる。ボールを持った少年が、笑顔を作って声をかけた。

「ねぇそこ、今から俺ら使うから代わってもらっていい？」

声変わりしたばかりの、ざらついた声が飛んでくる。

少年たちはそれで、少女はすぐに立ち去るだろうと思っていた。人数の勝る男子にそう言われて、引き下がらないわけがないと。

「は？　なんで？」

ゆっくりボールを地面に打ちつけながら、夢佳は口を開いた。物怖じすることなく、言い放つ。

「なんで私たちが代わらないといけないわけ？」

「公園のコートだし、一緒に使えばいいいと思う」

夢佳は隣からからかった声に、思わず視線をやった。千夏もまた、納得がいかないという表情を浮かべてその場から引かなかった。

（ほんとこの子、バスケのことになると譲らないな……）

夢佳は内心で呆れ笑った。千夏は自分の意見を主張するタイプではないが、バスケに関してはその印象を覆す。

声をかけた少年たちもまた、驚いた表情を浮かべた。

自分たちが〝頼め〟ば、この二人はそそくさと立ち去り、いつものようにコートを自分たちだけで独り占めできると思っていたが、返ってきた反応は違った。

夢佳は四人からふいっと背を向け、「続きやろ」と、千夏へボールをパスした。

コートの端で、少年たちは面白くなさそうに眉を寄せる。

「えー、一緒に使えばとか言ってるけど？」

「いや、ぶっちゃけ邪魔だからさ」

お前そういうこと言うなよぉ、と背の高い少年が、笑いながら友人の肩を小突く。

あくまで自分たちだけで使おうとする少年たちに、夢佳は鬱陶しそうに息を吐く。これがきっと、先にいるのが自分たちより年上とわかる相手だったらこうは振る舞わない。マナー通り一緒に使うか順番を待つか、あるいは別の場所へ移動しているはずだ。

今コートにいる夢佳たちを、追い払えそうな相手だとみなしているからだ。

「……うざ」

あからさまに、自分たちを侮っている態度を取られ、夢佳は前髪の奥で目つきを険しくさせた。

手を止めた夢佳と千夏を見て、少年たちはにやにやと笑う。

「ほら、そろそろ交代してよ」

しばらく夢佳は無言でその様子を見ていたが、ノールックで千夏にボールを投げ渡すと少年たちへ近づいていった。

「……わかった、じゃあ代わってあげる」

ボールをキャッチした千夏は、夢佳のセリフを聞いて驚いた。え、と言いかける前に、夢佳は口の端をつり上げる。

「うちらに、バスケで勝てたらね」

今度こそ、千夏は目を大きく丸めた。

「え、ユメカ？」

名前を呼ばれて一瞬千夏の方を見るが、その双眸には試合前のぎらつきが底光りしていた。再び少年たちへ視線を移し、顎を持ち上げる。

「2 on 2で勝負しようよ」

それを聞いて、千夏以上に少年四人の方が驚いた表情を浮かべた。そしてすぐ、侮るように笑みを浮かべる。

「マジ？　大丈夫？」

「いいけど、うちら西町中のバスケ部だよ」

少年たちは互いに目配せし合った。経験者なんだけど、と牽制するが、夢佳はどこ吹く風で承諾する。

「フーン……全然いいよ」

それから後ろにいる千夏を振り返った。

「いいよね、ナツ」

まったく予想外の展開に千夏はまだ目をぱちくりさせていたが、何かに気がついたように、頷いた。

「うん」

コートの中央、千夏と夢佳、少年たちが向かい合う。

「じゃあ、勝った方がコート使えるってことで」

試合のルールはハーフコートを使い、時間無制限、21点先取で勝利とすることとなった。

四人組の中から、背の高い一人とキャップをかぶった一人がコートに出る。

「へー、女子にしてはかっこいいボール持ってんね」

夢佳のバスケットボールを受け取った長身の少年が、自分たちが持ってきたものよりグレードが上のそれを見て、眉を持ち上げる。

「俺たちは後攻でいいよ。ちょっとはハンデあげないとさ」

少年は、夢佳に向かってボールを投げ渡した。先攻を譲られた夢佳はスリーポイントライン の外に立つ。試合は、ディフェンス側の少年へボールを一度パスし、それを返されたところから開始となる。

「じゃ、こっからスタートってことで」

ボールを渡された夢佳は、ゆっくりその場でドリブルを始める。

「いいの？　それくらいのハンデあった方が」

雑談のように喋(しゃべ)っている途中で、夢佳は鋭く一歩踏み出し、少年の横をすり抜けた。

「いいと思うけど、ねッ！」

少年二人が反応した時には、夢佳の姿はゴール下に到達していた。踏み切ると指先から離れたボールは軽い音を立ててゴールをくぐった。

「は……？」

開始から、三秒ほどしか経っていないだろう。落ちてきたボールを指先で引き寄せ、夢佳は少年へボールを投げ渡す。

「ドーゾ」

投げられたボールを思わず取りそびれそうになるほど、長身の少年は動揺していた。

「……はは、なんか最初っから本気じゃん」

無理矢理、からかうように少年は夢佳に向けて言う。だが煽るのは夢佳の方が、一枚も二枚も上手だった。

「は？　これで本気だと思ってんの？」

鼻で笑われて、少年は思わず顔を引きつらせた。

（くそ、油断した）

油断しただけ。そう言い聞かせて少年は、さっきより慎重に仲間へパスする。

キャッチした仲間の少年の横から、千夏がすぐにボールを奪おうと攻めた。

「っと！」

キャップの少年は素早くボールを高く掲げると、パスを出す。千夏の手の届かない位置をパスが飛んでいき、長身の少年がそのまま高い位置でキャッチした。すぐドリブルに移ったが、その瞬間パシンと軽い音が上がった。

「あっ」

ドリブルに入ろうとしたところで、ボールは夢佳に奪われた。取り返そうと伸ばした手がわかりやすく宙を掻き、少年はかぁっと顔が熱くなる。

一瞬で再び攻勢となり、スリーポイントラインの外から夢佳は千夏へパスを出す。少年をかわしてボールを受け取った千夏は、身を翻してドリブルする。

「くそ！」

止めようとしたキャップの少年を千夏はたやすく抜き去り、そのままシュートを打った。長身の少年が、ブロックしようと手を伸ばす。シュートの角度はわずかにずれ、ボールはリングに弾き返された。

よし！　と少年が思った時には、落ちていくボールを夢佳が待ち構えていた。

「！　打たせるな！」

慌ててキャップの少年が走った。

夢佳はその時にはゴールから絶好の位置へ迫っていた。シュートを打とうと跳び上がった夢佳を、少年は二人がかりで阻もうとする。

「こっちばっか気にしてると」

シュートを打つ寸前だった夢佳は、その目線、姿勢のまま横へボールをパスした。その先には、ノーマークの千夏がいた。速いパスが一直線、千夏の手の中へ吸い込まれる。

「あ！　しまっ――」

夢佳へのブロックで跳び上がっていた少年二人は、千夏のシュートを阻むことができない。ボールは二人の頭上を越え、ゴールリングを通過する。

「……っ」

開始から一分と経たず鮮（あざ）やかに連続で点を取られ、少年たちは顔をしかめた。

「お前、マークしとけよ！」

「そっちが止めろって呼んだんだろ」

互いを非難する二人に対し、夢佳と千夏は軽く手を打ち合わせる。

「ナイッシュー」

ベンチにいた少年たちにとっても、想定外で面白くない展開だった。苦戦している友達に対してブーイングする。

「お前ら何やってんだよ」

「女子に負けんなよ！」

「っ、うるせーよ」

コートの二人は仲間からの言葉に言い返す。

（本気でやらないと、やばい……）

どうやらこの少女たちがバスケ経験者であることはわかった。だが年齢も体格も、自分たちの方が上なのだ。今は油断していたから先制点を許してしまっているが、すぐに巻き返せる。

だがそんな展開は訪れなかった。

十数分のうちに、夢佳と千夏は21点を先取する。

「うそ、だろ……」

最後、夢佳に余裕の３Ｐシュートを打たれて、コートの少年二人は言葉をなくす。何か喋りたくても、息が上がってそれどころではなかったが。

「おーいマジかよ、何やってんだよ！」

ベンチにいたパーカー姿の少年が声を荒らげた。惨敗した仲間に不満をあらわにする。

「じゃ、勝った方が使うって約束だったよね」

夢佳はボールを両手で遊ばせながら、瞬殺した少年たちを肩越しに見た。ベンチにいたパーカーを着た少年は悔しそうに睨み返していたが、ここですごすご帰るわけにはいかないと食い下がった。

「今度は俺らが出る」

パーカーの少年はそう宣言し、もう一人ベンチにいた友達を一瞥する。コートで千夏との練習を再開させようとしていた夢佳は、うんざりとした顔で振り返る。

「はぁ？　何ソレ……往生際悪すぎ」

「いいじゃん。もう一回やろうよ」

少年が言い返すより先に、そばにいる千夏がその意見に賛成した。夢佳も、反対されると思っていた少年も、意外そうに千夏を見る。

コートの中、千夏は目を輝かせて返事を待っていた。

「えぇ……？　まあナツがいいなら、いいけど」

夢佳は複雑そうな表情を浮かべて、首肯する。このゲームを持ちかけた時から、うっすらこうなるような予感はしていた。

そうして始まった2ゲーム目は、最初の試合とは逆に、少年たちが先にシュートを連続で入れた。

「っしゃー！」

決めた少年はガッツポーズを作って声を出す。本気で喜んでいるその様子に、夢佳は失笑した。

「まだ4点入っただけなんだけど」

「うるせー、さっきの試合みたいにいくと思うなよ」

自分たちは交代していることを棚に上げ、少年は調子に乗って言い返す。

「ユメカ」

汗を拭った千夏が、夢佳のそばへやってくる。千夏が何か小声で話しかけ、それを聞いた瞬間夢佳はニヤと笑った。

「……オッケー」

千夏がボールを持って、再び試合が開始される。

走り出した夢佳たちの様子を窺い、パーカーの少年は内心で今度こそ自分たちの勝利を確信した。

(さすがに疲れてるはずだろ)

いくらハーフコートとは言え、試合をした後か否(いな)かは大きいはずだ。なぜか向こうは休憩も挟まず試合を開始してしまったが、きっと今頃その軽率(けいそつ)さを悔やんでいるに違いない。

そんな想像をして、少年は胸の内にほくそ笑んでいた。

だが5分後、息を切らしていたのは少女たちではなく、自分たちだった。

「はぁっ、はぁっ、なんか、俺ら、振り回されてねぇ?」

「はぁ、はぁっ、そんな、わけ!」

否定をしようとしたが、パーカーの少年はそれ以上言葉が続かなかった。

「ナツ!」

夢佳からパスを受け、千夏は雑に伸ばされた少年の腕をかわす。少年たちの動きは疲労のためか、最初よりさらに乱れた。

対して夢佳と千夏は、後半戦はさらに動作が洗練されていた。

（なんで、まだそんな動けるんだよ）

これではどちらが交代したのかわからない。少年は悔しそうに歯噛みする。

夢佳がドライブで攻めてきたかと思えば、スリーポイントラインの外にいた千夏へパスが回り、シュートを決められてしまう。二人がかりでシュートを止めようとすれば、どちらかに決められてしまい、少年たちは翻弄された。

息の合った千夏と夢佳の連携は、焦りと疲労で動きが悪くなっていることを引いても、少年たちが太刀打ちできるレベルではなかった。

「……マジかよ」

コートの外から見守る少年たちの背筋にも、冷たい汗が伝った。

自分たちは一体、何者に勝負を挑んでしまったのか。

（くっそ……全然点取れねぇ）

当初の目論見とは、まったく違う状況となってパーカーの少年は焦りをあらわにした。

こんなはずではなかった。

向こうから試合形式の遊びを持ちかけられた時は、手加減しながら少し点を取らせてあげて、自分たちが勝つだけだと思っていた。

だが実際は、往生際悪く始めた二試合目でさえ圧勝されそうになっている。

（女子に、負けるとか）

シュートをしようと止まった千夏の前に、少年は飛び出す。

（打たすか！）

千夏を阻もうと少年も地面を蹴るが、思った以上に勢いがつき、そのまま体がぶつかった。

「あっ！」

シュートを放った千夏は、体勢を維持できず転倒する。

「！」

夢佳は転んだ千夏を見て瞠目（どうもく）したが、転びながらも千夏の視線が一点を追っていることに気がつく。振り返ると、ボールがリングの縁（ふち）に乗りその上を回っていた。ぐらりと揺らいだ先は、内側。

放ったシュートは得点となる。

そして千夏は、ゆっくりと立ち上がって、自分より背の高い少年を見据えて告げた。

「バスカン、ワンスローだね」

「!? あっ!」

少年は自分のファウルのタイミングに気づき、思わず声を上げた。

バスカン――バスケットカウントは、オフェンスの選手がシュートを打つタイミングで、ディフェンス選手がファウルした場合に適応される。少年が千夏のシュートを邪魔した結果、千夏に一本フリースローを打つ機会を与えてしまった。

「くそ、外れろ……」

少年は汗を拭いながら、フリースローサークルに立った千夏を睨む。千夏は周りには見向きもせず、一、二度ボールをついた後、フリースローを打つ。

完璧な軌道を描いて、ボールはリングを通り抜ける。ネットのかすめる音と重なって、少年たちから悔しがる声が上がった。

鮮やかにワンスローを決めてみせた千夏を見て、夢佳はニヤリと笑った。

二試合目も結局、21対10で、夢佳と千夏が勝利した。

「はぁ、はぁ……」

両膝に手を置いて、パーカー姿の少年は荒い呼吸を繰り返す。

「なに、なんだよ、くそ」

少年二人は夢佳たちが21点を取る間、走らされるだけ走らされ、振り回され続けた。部活でする練習試合より、はるかに消耗していた。そのままコートに腰を下ろす。

「………」

座り込んだ二人の元に、千夏はすたすたと近づいていく。

気づいた少年が汗だくの顔を上げると、千夏は、試合で対戦相手にする時と同じように頭を下げた。

「試合、ありがとうございました」

自分たちの行動を非難されると身構えていた少年たちは、呆気にとられる。

「実戦練習できて、面白かった」

冗談や嫌味ではなく、澄んだ目で千夏はそう口にした。少年は返す言葉を失った。

「え？　は……？」

「あっはは！　ナツ、ウケるんだけど」

夢佳は親友のセリフに吹き出す。結果として、千夏が最初に言ったように『一緒に使えばいい』が採用されたことになっているのも夢佳には痛快だった。千夏の方は、少年たちが面食らっているのも、親友が爆笑しているのも、理由がよくわかっていないようだったが。

コートに座り込んでいた少年は、ゆっくりと立ち上がる。

「その……こっちも、さっきのファウル、ごめん」

パーカーの少年は歯切れ悪くそう口にした後、さらにもじもじしながら呟いた。

「あの、さ……名前、何？」

「？　えっと、鹿野……」

「あーだめだめだめ。うちらに勝てないようじゃ、まだ名前聞く資格ないから〜！」

べー、と夢佳は千夏を抱き寄せて舌を出す。下心を言い当てられたようで、少年は顔を赤くして夢佳を睨む。

「〜〜！　おっまえ、マジ生意気すぎだろ！」

「次は絶対負かす！」

そう指さされても、夢佳はどこ吹く風だった。

「ハッ、いいよ、いつでも相手してあげる」

きょとんとしている千夏の隣で、夢佳は勝ち誇って宣言する。少年はその態度に苦々しい表情を浮かべた。

「ほんと、お前偉そうだな……なんなんだよ、学校どこだよ」

「栄明」

ボールを片手に持った夢佳は、シュッと軽やかな音を立てて手の上で弄んだ。

「え？」

少年はその名前に、耳を疑った。

さぁっと花びらが、二人のそばを吹き抜けていく。

「春から、栄明中学の一年だよ」

突っ立っていた少年たちは、それを聞いて絶句する。

「え、栄明？　あの……？」

スポーツ強豪校として、運動部ならあちこちで聞く名前だ。バスケも例にもれず男女とも強い選手が揃っており、自分たちの西町中学男子バスケ部が地区大会三位止まりなら、栄明中学女子バスケ部は県大会優勝校——全国大会レベルの名門だ。

「あ………その」

ずっと態度の大きかった少年たちが、四人とも途端にまごつき始める。

「こっちこそ、練習……あざす……」

心なしか敬語気味になる少年を、またひとしきり夢佳が笑った。

少年たちが立ち去った後、気づけば辺りは夕暮れに近づいていた。青空だった頭上には、今はうっすらと色づいた雲がたなびいている。

「あー、試合楽しかった」

夢佳は大きく伸びをすると、ベンチに座っていた千夏の隣に腰を下ろした。

「向こうがもっと上手かったら、言うことなかったけど」

少年たちが聞いていたらまたひと悶着(もんちゃく)ありそうな感想を口にして、夢佳は千夏の方を見た。同意は元から求めていないが、連勝したわりに千夏は何かぼんやりとしていた。膝にボールを預け、さっきまで駆け回っていたコートを見つめる。

夢佳はその横顔を眺めた後、自分も無人となったコートへ視線を向けた。淡い残照が、使い込まれたバスケットゴールを照らす。

「さっきのシュート、悪くなかったよ」

その声に、今度は千夏が隣に座る夢佳を見た。めったに他人を褒(ほ)めることがない夢佳が言う『悪くない』は、『とてもよかった』を意味する。

「ありがとう」

千夏は小さく笑って、それからまた視線を遠くへやる。目の前のコートより、さらに遠くへ。

「……でも、栄明で活躍するなら、もっと上手くならないとだめだよね」

さらりとしたその髪が、春の夕風に吹かれて揺れる。

「ユメカみたいに」

千夏の口からこぼれた言葉を聞いて、夢佳は静かに目を瞠った。

夢佳は、栄明学園から推薦の話を受けた時のことを思い出す。あの時、まだ進路を決めていなかった千夏に自分が声をかけた。

『ナツもくる？』

千夏がその一言で栄明に進学先を決めたとは思わない。もともと母親の母校であり、進路希望先として候補にしていたはずだ。

それでも背を押したことに違いはない。

『一緒にインターハイだっていけるよ』

夢佳は、中学のバスケ部を想像した時、頼れるチームメイトとして真っ先に千夏の顔が浮かんでいた。バスケが強い栄明で、千夏と一緒に試合に出られたらきっと面白いことになる。中高一貫校なら、中学でも高校でも全国を目指して戦えるだろう。夢佳はそう期待していた。

だから栄明のバスケ部に対し、千夏がそんなふうに不安を感じていると思わなかった。

（ナツはもう十分……）

「……珍しいじゃん。ナツがそういうこと言うの」

夢佳は自分の内心を表に出さないまま、ついっと口の端をつり上げる。そして千夏の手からボールを奪って、ベンチから立ち上がった。

ドリブルしながらコートに入り、夢佳は肩越しに千夏を一瞥した。

「じゃあさ、このシュートが入ったら」

ボールを手の中で操り、消えかけのスリーポイントラインに立つ。

「ユメカ……？」

目を丸くして思わずベンチから立ち上がった千夏の前で、夢佳は両手を掲げた。わずかに身を沈める。

（好きは、最強の感情だ）

ずっと一途に、バスケと向き合ってきた人間が、夢を叶えられないはずがない。

「――私たち二人、栄明のエースになる」

夢佳はゴールめがけて、美しいフォームでシュートを放った。

夕映え（ゆうば）の光を受けて、バスケットボールが飛んでいく。

そしてシュ……と静かな音を立てて、ゴールの輪をくぐり落ちた。ゆっくりとネットが揺れる。

制服姿の夢佳は腕を上げたまま、自分の放ったボールの軌跡（きせき）を目で追っていた。

（このシュートが入ったら……高校は……）

栄明には行かない。

そう決めて放ったボールだった。

「ハ……」

思わず夢佳の唇（くちびる）から、小さな冷笑がこぼれ落ちる。

（……入るんだ）

最後に出場した試合、これが入っていればというシュートがあんなにあったのに。今この距離で打って決められることを、夢佳は苦々しく感じた。

「え、すごい！」

夢佳の内心とは対照的に、高い歓声が響いた。落ちてきたボールを受け取って、少女たちは驚きの声を上げる。

それから遅れて、夢佳の制服に気がついた。

「あっ、あの制服、栄明じゃない？」

「うそ！　栄明のバスケ部の人ってこと？」

その言動から、彼女たちの憧れている学校がどこなのか見てとれた。その少女たちの姿を、夢佳は眩しそうに眺める。少女たちが大袈裟(おおげさ)にお辞儀をするより先に背を向けた。荷物を肩に掛け、その場から何事もなかったように歩き出す。

（あの時も、そうだったな……）

夢佳の頭に、中学入学前の、春休みのことが浮かんできた。

公園でバスケをしていたら、変な四人組が来て、千夏とチーム組んで倒して、その後にシュートを打った。

夕方の公園で、あの時も、ボールはまるでそうなると決まっていたかのように、ゴールを完璧な軌跡でくぐった。

『このシュートが入ったら、私たち二人、栄明のエースになる』

そう宣言したシュートを決めて、夢佳は親友を振り返る。目を丸くしていた千夏の顔が、晴れやかなものに変わっていくのを見た。つられて自分も、ニッと得意げに笑ったのを覚えている。

夢佳は公園の出入り口へ戻っていく。ボールの音が再び後ろから響き始めた。それもだんだんと遠ざかっていく。

夢佳は一度だけ、足を止めてバスケコートの方を振り返った。

ボールを追いかけシュートを打つ少女二人の姿は、かつての自分たちに重なり合った。

バスケが好きで、夢中になっていたあの頃。

（楽しかったな……）

夢佳は、胸の中でぽつりと呟く。

あんなに、楽しかったのにな、と。

「……っ」

夢佳は視界を遮るように、前髪をくしゃりと片手で乱す。ローファーで地面を蹴るように歩き出す。

自分はもう、バスケをやめると決めたのだ。情けない姿を、ずっと憧れてくれていた親友に知られたくない。自分のせいで、前を進んでいく千夏の邪魔をしたくない。

（あの時本当は、『キライだった』なんて、言いたいわけじゃなかった）

夢佳は痛みを堪えるように奥歯を噛み締める。

部活をやめる時、クラスメイトに千夏のことを尋ねられ、思わず投げやりな言葉が口をついた。

『どうでもいいよ。昔からユメカユメカって……キライだった』

最後の言葉が口からこぼれ落ちたのと、退部の話を聞いた千夏が教室に飛び込んできたのは、ほとんど同時だった。

あの時、言葉もなく立ち尽くす千夏の姿が蘇る。

これでよかったんだ、と夢佳は千夏と口を利かなくなってから何度も自分に言い聞かせた。千夏には、バスケの熱が冷めた親友のことなんて忘れて、前に進んでいってほしい。千夏ならきっと、今のチームメイトとともに、インターハイへ行く夢を叶えるだろう。

それでも、こうやってふいに楽しかった頃を思い出すと、もう『ごめん』も『ありがとう』も言えない現実が夢佳の胸に迫った。

(……話したい)

本当はずっと、千夏に話を聞いてほしかった。試合でうまくいかなかった時、練習をサボりたいと思う時、家のこと、進路のこと。ずっと憧れてくれていた相手に、情けない自分を見せられないと思っていたけれど、そんなことかなぐり捨てて『親友』として、相談すればよかったのかもしれない。

もう、千夏と前みたいには話せないと思うと、寂しさが込み上げた。

(違う……話したいんじゃない。本当は――)

夢佳は、胸の奥底から溢(あふ)れてくる感情を、自覚する。

(本当は、ナツともっと、バスケがしたかった)

夢佳はもう一度前髪へ手を伸ばす。髪の下を乱暴にこすった後、ポケットに突っ込んだ。

公園を去り、駅に向かって歩き出す。

地平にかろうじて赤く残っていた太陽が沈み、帰り道は夕闇に沈んでいく。

もうボールの弾む音は、どこからも聞こえてこなかった。


翌日、夢佳は進路希望の用紙に『彩昌高校』と書いて提出した。

＃3

桜咲くまで、もう少しだけ

「――好きです。付き合ってください」

体育館裏、胸元に卒業生の花飾りをつけた針生健吾は、そう告げて顔を伏せた少女を見つめ返した。

栄明中学の卒業式は本日、春らしい暖かな日に行われた。

すでに枝先の桜は咲き始め、青空に薄紅の色が映えている。日なたに立っていると上着がいらないほどだったが、今いる日陰は冬の名残のように肌寒かった。

「ごめん」

針生は真摯に返事をする。少しいいですか、と言われてここへ連れ立って来る間に、この言葉を口にするだろうことは予感していた。

「気持ちには、応えられない」

二年の女子生徒もまた、そう言われることをわかっていたかのようだった。顔を上げて寂しそうに微笑む。

「すみません……そうですよね」

何に対しての謝罪なのか針生にはよくわからなかったが、少女はそう呟いてまた目を伏せた。

立ち去る様子のない女子生徒を前に、針生は自分が先にこの場を離れるべきかと考える。

「じゃあ……」と言葉を発しようとしたところで、少女の方が口を開いた。

「先輩、付き合ってる人いるんですか？」

尋ねられて、針生はそこで返答に詰まった。

この場ではどう返すこともできたが、針生は少し考えて、我ながら歯切れ悪く答えた。

「……まあ、そんな感じ」

女子生徒はそれを聞いて、納得したように一つ頷いた。

「それなら、しょうがないですよね……卒業おめでとうございます」

すでに吹っ切れたような顔つきになって、少女はその場から立ち去った。

一人残された針生は、ズボンのポケットに手を突っ込んで視線を上げた。目の前に広がる枝も桜のはずだったが、日当たりの悪い場所はまだ硬そうな蕾で止まっていた。

「はぁ」

胸の内にわだかまるのは、うっすらと嘘をついたような気がしているからだ。

（付き合ってる人、か……）

針生はそう言われて、一人の少女の顔が浮かんだが、苦笑交じりに否む。

（カノジョってわけでは、ないよなぁ）

かと言って『そんな相手は誰もいない』と返答すれば、それもまた嘘になる気がした。

よく、『友達以上恋人未満』と言うが、その少女――花恋との関係はまさにそれに該当した。

（告白断る理由に使ったって知ったら、なに勝手にってすげー怒りそうだけど）

馬鹿正直に話すつもりはないし、あの場では一番角の立たないやりとりだったとは思うが、勝手に恋人の枠に入れたと知れば花恋は不服な顔をするだろう。

「…………」

彼女がいるから、と迷いなく言える関係を、針生は想像してみる。

（けど……）

自分も戻ろうと針生が踵を返したところで、ポケットに入れていたスマホが振動した。

届いたメッセージは、噂をすればその花恋からだった。

「うわ……タイミングよすぎるだろ」

若干恐ろしく思いながらも、画面をタップし、針生は送られてきた内容を表示させる。

『卒業式終わった？　写真見せてよ』

『終わった。やだよ』

端的な文章を打ち込むと、すぐに既読がつき返信が表示された。

『健吾が見せてくれないなら、ちーに送ってもらおうっと』

「おい、ずるいだろ」

送られてきたメッセージに、針生は思わずその場に相手がいるように声を漏らす。針生が打ち込んでいる間に、向こうから新しいメッセージが届いた。

『春休み入ったなら、どっかで会おうよ』

一週早く卒業式を終えている花恋は、春休み中は〝仕事〟を増やしたと言っていた。

『花恋、忙しいんじゃないの？』

『そっちだって部活あるでしょ』

いつものやりとりをし合って、それでも家の近所で待ち合わせする約束をする。針生はスマホをポケットにしまうと、体育館裏を通り抜け、友人たちの元へ戻っていく。

守屋花恋とは、小五の時から付き合いのある友達だ。友達、という呼び方しか針生にはしようがない。

小中と同じ学校だったことはなく、通っていたスイミングスクールが一緒だったことで親しくなった。家も近く、遊びにいく時には声をかける相手だったが、いつの間にかグループではなく二人きりで会うことの方が増えた。

ちなみに花恋が『ちー』と呼ぶのは、針生と同学年の鹿野千夏(かのちなつ)で、花恋とは幼稚園の時からの友人だ。今では同じ学校の針生の方が、顔を合わせることが増えた。

体育館の壁沿いに歩き、校舎の方へ戻っていく。日なたへ出ると、暖かい春の空気が頬(ほお)を撫(な)でた。針生の頭に、さっきの思考が蘇(よみがえ)る。

(付き合ってる人、なぁ……)

花恋に対して向ける感情が、恋愛であることは自覚している。向こうも、ただの友達以上に思っているだろうことは察している。

(けど)

針生はそこで足を止め、体育館を——自分がずっとバドミントンをやってきた場所を振り返る。

それと、気持ちを伝えるかは、別の問題だった。

外は桜が咲き始めていたが、そのスタジオの中では、8月号の夏服の撮影が行われていた。

「おはようございます」

花恋は一度息を吸って吐いた後、明るい笑顔を浮かべて扉を開ける。今日の撮影現場へ、足を踏み入れた。

「あ、花恋ちゃん。今日はよろしく」

「守屋さん、入られまーす」

知っている編集者やスタイリストの顔があると、花恋はほっと安堵した。

「よろしくお願いします」

花恋は礼儀正しく挨拶を返す。

中学に入ってから、花恋はモデルの仕事を始めた。最初は右も左もわからず戸惑うことばかりだったが、経験を重ねてやっと最近は慌てず振る舞えるようになった。落ち着いているね、と褒められることが多い花恋だが、そう見えるよう努力しているからだ。

(カメラの前に立つ前から緊張しているようじゃ、まだまだだな)

一緒に仕事をする人たちに挨拶をしながら、花恋は胸の内で苦笑する。

モデルの仕事は、もともと興味のあった役者の仕事をきっかけに声をかけてもらった。

最初は数カット程度、小さく掲載されればいい方だったのが、今では特集ページで起用してもらえるまでになっていた。

花恋は改めて、忙しく立ち働く大人たちを見つめる。

(ここは、プロの人たちの仕事場……)

考えてから、花恋は胸の中で自分に対して指摘した。

(私もプロなんだから、頑張らないと)

まだ大人とは言えないけれど、契約をしてお金をもらっているのだ。その分の働きを期待されているなら、きちんと応えなければいけないと花恋は考えている。

花恋はバッグと上着を置いて、手前の控室スペースから、奥に作られたメイク台へ向かう。

「あっ、花恋～！」

入るとすぐ、鏡越しに先輩モデルの相田美雪が手を振った。

「久しぶりじゃーん、今日の服めっちゃ可愛い！　えっ、てか髪伸びたね⁉」

顔を合わせた途端、美雪は花恋が返事をする間もなく一息に喋りかける。黒目がちの丸い瞳やカールのきいた明るい髪色と相まって、なんとなく人懐っこい小型犬を思わせる少女だ。

「ミユさん、今日はよろしくお願いします」

花恋が会釈すると、後ろからもう一人の先輩モデルが声をかけた。

「花恋ちゃん、スタジオで会うの久しぶりじゃない？」

「あ、葉月さん」

撮影衣装のラックの横に、スタイリストと一緒にモデルの織原葉月が立っていた。花恋は向き直って、挨拶する。

「よろしくお願いします。あ、この前の配信見ましたよ。メイクの仕方の」

「ほんと？　ありがとう」

葉月は目尻を下げて照れたように笑った。彼女は同年代の中で抜きん出て長身でスタイルがよく、バランスの難しいスタイリングも簡単に着こなすモデルだ。美雪が元気いっぱいの小型犬なら、おっとりと落ち着いた雰囲気の葉月は、優雅な大型犬だろうか。

先輩二人に声をかけてもらうと、仕事に向かう緊張感はいい意味でほぐれていた。花恋は自分もメイクが始められるよう準備をしつつ、今日一緒に撮影に入る先輩に感謝した。花恋モデル同士、舞台裏では仲が悪い……なんて話もよく聞いていたが、少なくとも花恋の周りは話しやすい相手ばかりだった。

「じゃ一着目、撮り始めまーす」

スタッフの声とともに、先に髪のセットまで終えた葉月が、カメラの前に立つ。何気ないポーズだが、目線や指先の位置までよく考えられており、雑誌になった時に本当に服が映えるのだ。

（葉月さんのポージングって、参考になるな……かっこいいけど品があって）

ヘアセットの仕上げをされながら、花恋は先輩の仕事ぶりを観察する。

（そっか、ああいうカットの時、首の角度もちょっと変えたりしたらいいんだ……表情も、視線だけでけっこう印象変わるかも）

頭の中でメモを取るように、花恋は気づいた部分を挙げていく。雑誌やネットで見るよりはるかに、撮影途中の動作は学びが多かった。

最初、雑誌モデルの仕事は自分がやりたい女優の仕事とは、少し路線が違ってしまうかもしれないと花恋は思っていたが、実際は勉強になることが多かった。それ以上に、雑誌を見た読者からの反応が花恋には励みになった。

『花恋ちゃんの服とか髪型、いつも真似してる！』

『同い年なのに大人っぽくていいな。私も頑張ろう！』

幼い自分が映画のヒロインに憧れたように、誰かが自分の姿を見てこんなふうになりたいと思ってくれたら、嬉しい。それはきっと、夢に一歩近づいたということだ。

花恋は視線を先輩モデルから、鏡の中の自分へ移した。

（今度のオーディション、受かりたいな……）

来週金曜に、表紙のモデルを決める三次審査が控えていた。

多くの場合、表紙に起用するモデルは編集部で決定されるが、今回は雑誌の創刊企画として表紙モデルを決めるオーディションが行われた。その10月号はカバーガールがプロモーション映像にも出演することになっており、花恋にとっては役者の仕事にも繋がる可能性があった。

（ここまで残れたチャンス、無駄にしたくない）

正直、最初の審査を通過するのも今の自分には難しいのではないかとも、考えていた。花恋より年上で、仕事の経歴やSNSのフォロワーも多いモデルもエントリーしている。表紙の出来で、その雑誌の売り上げに関わると考えれば、まだモデルの経験が浅い自分には荷が重いだろうことはわかっていた。

（でも……）

花恋は怖気づきそうになる自分を叱咤する。

（やってもいないのに、想像で未来を否定したくない）

その時、待機していた花恋にスタッフが声をかけた。

「じゃ次、守屋さん一人のカット撮りますねー！」

「はい！　お願いします」

花恋は返事をして、サンダルのヒールを鳴らしてセットに入っていった。


その後三人でのカットも撮り終えて、休憩に入った。メイクやヘアスタイルを変える前、用意されたガウンに着替えて待機する。

差し入れで置かれた焼菓子を選びながら、美雪は大きく息を吐き出した。

「はぁ～～あんなワンピース着てデート行く相手いないなぁ」

ポットに用意された紅茶を先輩たちの分も注ぎ、花恋は首を傾けた。

「え、そうなんですか？　ミユさん彼氏いると思ってました」

誰とでもすぐ打ち解けて交友関係も広い美雪は、てっきり恋人もいるものと思っていた。

美雪ははぁっと大袈裟(おおげさ)に肩をすくめる。

「って思うじゃん？　でもこの仕事してると、けっこうムズいよ。向こうから会おう会おうばっか言われてもさぁ」

フィナンシェを頬張(ほおば)り、美雪は何かを思い出すように目線を斜(なな)め上にやる。

「結局、仕事の方に集中したいからって話になると、自然消滅するよね。まあいいんだけ

どね、それで消滅するような相手は」

「わかります。頑張ってること、尊重してほしいですもんね」

紅茶のカップを持ったまま、花恋は大きく頷く。共感している花恋を見て、隣にいた葉月が話を振った。

「花恋ちゃんは？　付き合ってる人いるんだっけ」

尋ねられて花恋は、今度は表情を苦笑に変えた。

「うーん、そういうわけじゃないんですけど……でもずっと仲いい男子はいて」

「えっそうなんだ、初めて聞いた！　中学の友達？」

テーブルの向こうから、美雪が前のめりになって尋ねる。

「いえ。小学校の時、同じスイミングスクールだったのがきっかけで。学校被ってないんですけど、同い年で家も近かったから、それからよく会うようになって」

「え～そういうのめっちゃいいじゃん！　幼馴染の男の子って感じで！」

美雪ははしゃいだ声を出す。花恋の方はそれに対し呆れ交じりに返した。

「たぶん、先輩が想像してるみたいな感じじゃないですよ？　気が合うだけっていうか、一緒にいて気を遣わない相手っていうか」

「それ大事でしょ。なんで付き合わないの？」

意外そうに尋ねる葉月に対し、花恋は言葉を探す。

「そうですね……でもやっぱり、さっきミユさん言ってたみたいに、仕事の方、全力でやらないとだめな気がして。向こうも部活で忙しいから、付き合うとかそういうの、最優先じゃないのかなぁって」

花恋の言葉を聞いて、美雪はまた大袈裟(おおげさ)に目を見開いた。睫毛(まつげ)を強調している今の両目でやると、可愛さより迫力の方が勝(まさ)る。

「えぇ～!? だって学校違うんでしょ？ 高校生になるんだし、そっちで好きな子できちゃうかもしれないじゃーん」

「うーん……？」

花恋はその状況を思い浮かべてみようとするが、うまくいかなかった。自惚(うぬぼ)れているというわけではなく、単純に針生の性格をよく知っているからだ。

「絶対、好きなら行動に移した方がいいって！」

「もう、さっきと言ってること違うじゃないですか」

花恋が突っ込むが、美雪は「それは私の場合！」とあっさり撤回する。

「花恋と、花恋が好きになった相手なら、絶対大丈夫だって！」

背を押す美雪に対して、葉月は顎(あご)に手をやって面白そうに別の意見を口にする。

「えー私は焦る必要ないと思うけどなぁ」

「彼氏持ちは黙っとれ」

美雪が渋い顔を作って、葉月の言葉を遮った。先輩二人のおどけたやりとりを聞いて、花恋は笑いながら礼を言う。

「ありがとうございます」

いつも妹に頼られる花恋にとっては、こうやって同性の年上に目にかけてもらうと、少しくすぐったいような気持ちがした。


全ての服の撮影を終え、美雪は通っているダンスレッスンに、葉月は次の撮影へとそれぞれ分かれていった。

花恋もまた、スタッフへ挨拶をしてスタジオを後にした。母へ終わった連絡を入れつつ、エレベーターの一階を押す。

『絶対、好きなら行動に移した方がいいって!』

『えー私は焦る必要ないと思うけどなぁ』

降りていく間、花恋の中で先ほどかけられた言葉が蘇っていた。

「……………」

一階に到着しエレベーターの扉が開いても、一瞬花恋は降りるのを忘れていた。閉(し)まりかける扉に気づいて、慌ててエレベーターを出る。すぐそばに作られた関係者口の方から外へ出ると、途端に春の香りに包まれた。

「あ……」

よく晴れた青空の下、ふわりと暖かい空気が頬を撫でる。さっきまで夏の終わりの着回し特集を撮影していた花恋には、急に季節が巻き戻ったような気分だった。

写真や映像に映(うつ)る仕事をするようになって、季節のずれには慣れたつもりだったが、時々今がいつで次の季節が何なのか混乱する。

(今は、中学を卒業した、春で……)

この春休みが終われば、自分も、健吾も、高校生になるのだ。

花恋は街に降り注ぐ、柔らかな日差しの下を歩き出す。街路樹の下に植えられた雪柳が、白い細かな花を揺らしていた。

その花先が揺らめくのを目で追いながら、花恋はぼんやりと考える。

(私たち、このままでいいのかな)

小五の時に針生健吾と出会ってから、自然と一緒にいることが増えた。スイミングスクールで話すようになり、家がそんなに遠くないとわかると、遊びに行く時に声をかける相手になった。

中学に入って、周りが小学生の時よりももう少し具体的な『好きな人』の話をし始めた時、花恋の頭には針生の顔が浮かんでいた。

（でも、健吾はきっと今、バドミントンに集中したいだろうな）

栄明中学に入ってから、ジュニアチームの時とは格段に練習の時間も増え、本人もこれまで以上に熱を込めてバドミントンに取り組んでいた。

部活に入って、バドミントンは針生にとってより一層、特別なものになったようだった。

小学生の頃まではバドと並行して色々習い事をしていて、そのどれもそつなくこなしていた針生だったが、中学になった途端他をすっぱりとやめてバドミントン一筋になった。

バドのことはよくわからないが、そうしないと勝っていけないレベルなのだということは花恋にも理解できた。

わかるから、その１００％のいくらかを自分に分けてほしいとは言えない。

（試合の時、１００％バドに使っていれば、なんて思ってほしくないもんね）

そこで花恋は、今日の日付のことを思い出した。

「あ、そうだ健吾、今日って……」

花恋はスマホを取り出し、今の時刻を一瞥した後、メッセージアプリを開いた。見慣れたアイコンが設定された連絡先へ、短い文章を打ち込む。

『卒業式終わった？　写真見せてよ』

送信すると、案外すぐに返事が来た。いつもの、短いやつが。

『終わった。やだよ』

「そう言うと思った。いいよ別に、健吾が見せてくれなくても」

花恋は画面に指先を滑（すべ）らせ、文字を入力する。写真は別に同じ学校に通う友人、千夏に見せてもらうこともできるし、実際はどうしても写真が見たいわけではない。

こういう屈託（くったく）ないやりとりができるのが、心地（ここち）いいからだ。

（もし、気持ち伝えて……）

花恋はメッセージの画面を眺める。

（健吾に、距離置かれるのは、やだな）

楽しいことも辛（つら）いことも、何かあるたびに花恋が真（ま）っ先（さき）に報告したいと思う相手は、針生になっていた。針生からもそういう話を聞かせてほしい。

（……オーディションのこと、話したいな）

向こうから返信が来る前に、花恋はメッセージを送った。

『春休み入ったなら、どっかで会おうよ』

夏休みや冬休み同様、春休み中でも栄明学園では部活練習が行われていた。

針生たち四月から高校一年になる部員も、すでに高校の練習には参加しているため、他の先輩たちとともにこれまで通り練習に参加している。

（高校、か……）

校門をくぐった針生は、花曇り（はなぐも）の空を見上げる。

（花恋に、気持ち伝えるべきなのかな）

卒業式の日は快晴だったが、今日は空全体に境目（さかいめ）の曖昧（あいまい）な白い雲がかかっていた。桜もすっかり花を咲かせ、針生が木の下を通ると花弁（かべん）を散らして小鳥が飛び立っていった。

去年の春も、針生は学園のこの風景を目にしている。

四月から高校生とは言え、通う場所も部活も同じなので、針生の生活自体に大きな変化が訪れることはない。だが花恋の方は、中学とは顔ぶれの違う高校に入学する。仕事も増えてきたと言っていたし、きっと出会う人間も変わっていくはずだ。

（あの時、伝えておけばよかったなんて後悔は、したくないな）

針生は到着した体育館を見上げた。すでに散り始めた桜の花びらが、建物に重なって吹いていく。

同時に針生は、今の自分が花恋との恋愛を両立させていけるのか疑問だった。今日はこの後、家の最寄り駅で会おうという話になっていたが、お互い忙しいと会わない日が続く時もあった。

花恋との時間を増やして、バドミントンの成績も伸ばしていく。自分はそれなりに器用な方だとは思っているけれど、針生はその二つを懸けて、『やってみてダメなら諦める』の選択はできなかった。

「お、針生、早いな」

一番乗りしてサーブ練習をしていた針生の後から、部長が現れた。

「おはようございます。俺も今来たとこっすよ」

荷物を置いた部長は、ラケットと一緒にファイルに入った紙を取り出す。

「針生は、今週末の合同練習、来られるんだっけ？」

部長は手元の用紙に、その練習の参加者をチェックしていた。

「はい、行けます」

答えてから、針生は先輩に確認した。

「場所って、佐知川高校ですよね？」

「そう。中三は志望者だけでいいって言われたけど、だいたい全員参加しそうだな」

名簿に書き込んだ二年の部長は笑いながら、ペンの後ろで後頭部を掻いた。去っていく先輩を目で追い、針生は今口にした高校について考える。

（佐知川には、兵藤さんがいる）

一学年上の兵藤将太は、ジュニアの頃から何度も大会で試合をしてきた相手だ。その頃から兵藤は全国レベルの選手で、針生はまだ一度も彼に勝てたことがない。去年までは中学の大会で試合をしたが、今年は向こうが高校に上がったため、公式戦で当たることはなかった。

（勝ちたいな……）

高校の練習に参加してから、格段に力をつけたのは実感している。今戦ったら、前回とは違う結果になるはずだ。

針生は中学二年の夏、兵藤と戦った試合を思い出す。

しっかり対策をしてきたはずだったが、自分のプレーはことごとく裏目に出た。動きをよく読もうとすれば慎重になりすぎ、思い切って攻めた時には判断ミスが増えた。

（告白するとかは置いといても）

針生は床に落ちたシャトルを、ラケットの先で拾い上げる。

（ここで勝てないようじゃ、両立とか、口だけだよな）

拾ったシャトルを手に取って、針生は離れた位置に置かれたシャトルのかごへ狙いを定める。

ラケットを振り抜くと、シャトルは綺麗な弧を描いてカゴに入った。

練習終わりに待ち合わせたカフェに行くと、すでにそこには花恋の姿があった。

自分側の恋心を差し引いても、店に入った瞬間、一人だけ目が吸い寄せられる。花恋は出会った頃から垢抜けた少女だったが、最近はより一層魅力に磨きがかかっている。

それが本人の地道な努力の成果であることを、ずっと見てきた針生は知っている。

「すげー可愛い子いる」

「わ、美人～」

周りから漏れ聞こえる声は、外で花恋と会う時には珍しいものではない。針生は、真剣な顔で手元に視線を落としている少女のところへ、歩いていく。

「花恋」

自分が声をかけると、少し離れたテーブルから「やっぱ彼氏と待ち合わせじゃん」という声が聞こえた。

普段ならスルーするが、今日はその反応がわずかに心に引っかかる。針生はその感情が、告白を断った時と同じ所以のものだと気づく。

自分が、周りから彼氏と見られることを、花恋はどう思っているのだろうか。

（だったら、いっそ……）

針生がそう考えたところで、花恋が顔を上げた。そして針生に向けてメニューのページを広げて見せる。

「見て健吾、ケーキの種類こんないっぱいある！」

デザートが載っているそのページには、ずらりとケーキの写真が並んでいた。針生は呆れ交じりに向かいの席の椅子を引く。

「何、真剣に読んでんのかと思ったわ」

「こっから一つ選ばないといけないんだからね？　そりゃ真剣に読むでしょ」

テーブルにメニューを置き直した花恋は「今、これとこれとこれとこれで迷ってる」とまったく絞れていない候補を指で教えた。

「全然決めれてねぇな」

「健吾、どれにするの？」

「お茶」

ケーキは結局、春のイチゴタルトと桜シフォンケーキで迷う花恋を見かね、針生が片方を注文した。二つ頼んでシェアしたり、量の多いメニューを針生が引き受けたりするのも、気づけばわざわざ伝えなくても察するような関係になっている。

自分では注文することがないだろう可愛らしいケーキを口に運び、針生は向かいに座る花恋を眺める。

（付き合っても、そんなに今と変わりない気もするよな）

一本区切る線が引いてあるだけで、自分たちの場合、どちらかがほんの一歩踏み出せばほとんど同じ位置に立ったまま呼び方が変わるだけのようなものだ。

それなら、と針生は考える。

切り出すなら、自分からがいい。

「……花恋さ」

「健吾って、春休みもずっと部活なの？」

針生が口を開いたのと、花恋が言葉を発したタイミングが重なった。花恋が瞬き（まばた）して、針生の方を見る。

「ごめん。何か言いかけた？」

「いや、何でもない。……今週末、金曜に他校で合同練習やったら、そっからは自主練になるかな」

「結局自主練しててんじゃん」

針生の返答を聞いて、花恋は呆れた笑いを浮かべる。

「そりゃするだろ。けど個人的には、他校の練習より前に自主練詰め込んでおきたいくらいだけどな」

「？　なんで？」

「佐知川高校での練習なんだけど、試合したい人いるんだよね」

針生の返事を聞いて、花恋は思い浮かんだ相手がいた。

「ふーん。それって、もしかして、中学の時に勝てなかったって言ってた人？」

名前、出てこないけど、と花恋は付け足す。針生はそれを聞いて意外そうな表情を浮かべた。

「兵藤さんのこと言ってんなら、そうだけど……花恋、覚えてたのかよ」

驚いている針生に、花恋はふふんと得意げに笑った。

「健吾が試合したいってわざわざ言う人、そんなに多くないでしょ」

そうだろうかと針生は首をひねる。意識していなかったが、確かに自分が話題に上げる相手は限られるかもしれない。花恋はにっこりと笑って告げた。

「勝てるといいね」

それから、スマホの縁(ふち)を撫でながら、花恋は呟く。

「私は今度、雑誌のオーディションの三次審査があるんだ」

「おー、三次ってことは一次二次、もう通過してんのか。いい調子じゃん」

うん、と花恋は頷く。まだ何か言ってほしそうな花恋だったが、ファッション雑誌や芸能周りについて、針生が言及できる内容は少なかった。

「頑張れよ」

「ちょっと。もっとどういうオーディションか聞いてよ」

完結してしまった会話に、花恋は不服そうに形のいい眉(まゆ)を持ち上げた。

「あー……それは、どういったオーディションなんでしょうか」

促(うなが)されるまま針生は尋ねる。こういう時反論しても得策でないことは、これまでの経験で十分に学習していた。

返事を聞いて、花恋は芝居がかった仕草で頬杖(ほおづえ)をつく。

「しょうがないなぁ、教えてあげる」

さすがモデル業をこなすだけあって、そのままCMが始まりそうな雰囲気だったが、針生は花恋が冗談めかして何かを言いたい時の仕草だと感じた。

今度は茶化さず、針生は花恋の言葉を待った。

「雑誌の、表紙のオーディションなんだ」

ティーカップをわずかに持ち上げて、花恋は中の紅茶を揺らす。

「いつもは編集部で起用するモデルを決めるんだけど、10月号は創刊記念の企画で、特別にオーディションで決めることになって。表紙と中のページだけじゃなくて、映像のプロモーションにも使ってもらえるから、演技の仕事にも繋がるかなって考えてて」

花恋はそこでやっと一口、紅茶を飲んだ。その仕草を見て、針生は尋ねる。

「へぇ、けっこう厳しいわけ?」

カップをソーサーに戻した花恋は、伏し目のまま答えた。

「うん……正直、二次通るのでさえ厳しいかなって、思ってたから」

花恋は顔を上げる。ほんの一瞬よぎっていた気弱な表情は消え去り、そこにはいつものの、挑戦する時の花恋の強い笑みがあった。

「だからね、せっかくここまで来られたなら絶対選ばれたいなって」

その瞳の輝きを見返して、針生は薄く笑う。

「そっか。いつあんの、三次」

針生が尋ねると、花恋はじっとその顔を見つめた後、小さく呟いた。

「……言わない」

「はぁ?」

答えてもらえず、針生は怪訝な表情を浮かべる。花恋はいたずらっぽく笑い返した。

「終わったらちゃんと結果伝えるからさ」

花恋はスマホの時刻をちらりと見て、「そろそろ出よっか」と腰を浮かせた。まだ何か言いたげな針生だったが、花恋は先に荷物を持って立ち上がってしまう。

「あ、おい」

針生は慌てて荷物と伝票を持って後を追いかけた。会話はそこで途切れた。


店を出て、家の方角へ歩き出す。途中の公園には桜の木が植えられており、見ごろを迎えていた。木の近くでは立ち寄った人が、スマホを向けて写真に収めていた。

「早いなぁ、もう桜の季節か」

歩道から桜を眺めながら、花恋は呟いた。

「ついこの前、健吾と初詣行った気するのに」

「それは言いすぎだろ。けどまあ、早いよなぁ」

針生もまた、桜を眺めて呟いた。

「覚えてる？　去年、お花見しに行こうってみんなで連絡取り合ってたのに、結局その日土砂降りになっちゃって」

「あー、警報出るくらい大雨になったよな。ピンポイントでその日だけ」

「そう！　それで花も散っちゃってさぁ」

花恋は去年の春の出来事を思い返し、残念そうに肩を落とした。考えたら、その前の年も家の近所の桜を見たくらいで針生ときちんと花見に行った記憶はない。

（咲いている季節は、本当に短いから……）

花恋は視界の端、次々落ちていく花びらに目を留める。

（今年は、一緒に見たいな）

「……ねぇ、その金曜の練習の後、桜見に行こうよ」

花恋は隣を歩く針生を見上げた。針生も視線を向け、それから首を傾ける。

「いいけど、夕方でいいわけ？」

「うん。私も昼間は仕事の予定あるから」

話しているうちに、花恋のマンションの前辺りまで来ていた。場所は、去年行けなかった桜の名所へ足を運ぶこととなった。

「じゃ、金曜に。また連絡するわ」

「うん！　試合、頑張ってね」

花恋はエントランスに続く階段を上がって、振り返る。針生はその背に声をかけた。

「そっちもオーディション、頑張れ」

一瞬花恋は驚いたように目を丸くし、それから満面の笑みを浮かべた。

「うん！　ありがとう」

針生は花恋がマンションの中に消えるのを見届けて、自分の家へと踵を返した。道路には、すでに散った花びらがどこからか集まって、車が通るたびに風に乗って舞い上がっていた。

週末は、あっという間に訪れた。
花恋はアラームを止めて目を覚ます。すぐに眠気は引き、ベッドから起き上がる。カー

テンを開けると、爽やかな青空が広がっていて花恋は微笑んだ。

（雨降らなそうでよかった）

昨日の天気予報でも降水確率は０％で、去年の二の舞は避けられそうだった。花恋はスマホを片手に自分の部屋を出る。

オーディションの時間は昼過ぎだったが、朝の身支度でやることはたくさんある。

洗面所の鏡で肌のコンディションを確認し、今の状態に合わせて丁寧にスキンケアする。髪は昨日のトリートメントが効いており、簡単なブローとオイルで毛先まで完璧だ。歯を磨き、簡単なストレッチをして、白湯を飲んでようやく、朝食を食べる。今日は母が支度しておいてくれたものだが、最近は栄養バランスを調べて自分で作るようにもしていた。

「ごちそうさまでした」

花恋は食器を片付けた後、メイクに取りかかる。撮影前に直すことになるが、日焼け予防も兼ねて下地と薄くファンデーションをのせる。

（この前、葉月さんの配信でやってたの真似してみよう）

先輩モデルのメイク動画を参考にしながら、花恋は鏡の前で自分の顔にメイクブラシを走らせていく。

毎日の、地味なルーティーン。周りは恵まれた容姿だと言ってくれるし、実際きっと元から備わっているものに助けられてきているけれど、それだけで勝ち抜ける世界ではないことは、もう花恋にもわかっている。

（きっと、一緒だ……）

何もかも面倒で、もう今日はサボって寝ちゃおうと思う時、毎日筋トレやランニングを欠かさない針生の姿が浮かんだ。

（頑張っている人を見ると、頑張れる……）

試合で勝てるかどうか、カメラの前で輝けるかどうか。ここぞという時に自分の力になってくれるのは、毎日積み重ねてきたものだと花恋は思えた。

そして自分は、そんな舞台裏の泥臭さなんて感じさせないように、精一杯、華やかな世界を表現するのだ。

花恋はお気に入りのジーンズに足を通し、靴を決める。バッグの荷物を確認し、肩に掛けた。

「菖蒲、私もう出るからね。洗濯終わったら、片付けておいてよ」

部屋を覗くと、春休みなのをいいことに妹の菖蒲はまだ布団の中にいた。「んー……わかったぁ」と、絶対わかっていないだろう寝ぼけた返事が返ってくる。

「まったく……」

呆れて肩をすくめるが、いい加減な妹の姿は今の自分にはちょうどよく緊張をほぐしてくれる。

花恋はマンションの部屋を出ると、エレベーター前へ向かう。階を示す数字が動くのを見つつ、忘れ物はないか、し忘れたケアはないかと反芻(はんすう)する。

到着したエレベーターに乗り込み、エントランスへ出た。マンションの一階はガラス張りの扉から春らしい澄んだ光が差し込んできていた。

「よし……大丈夫。行こう」

花恋は大きく息を吸い込んで、扉を開けて一歩踏み出した。

針生は他の部員とともに、佐知川高校の体育館に一歩足を踏み入れた。

「よろしくお願いします！」

挨拶をするより前に、針生の目はその姿に吸い寄せられていた。

（あ……）

佐知川の二年や三年が混ざっている中でも、兵藤将太の体躯(たいく)は人目を引いた。長身にしっかりと筋肉がつき、何より一年とは思えない風格があった。

向こうも針生がいることに気がつき、声をかけてきた。

「久しぶりだな」

そばに立った兵藤は、最後に試合会場で会った時よりさらに大きく感じられた。針生が挨拶を返すより前に、兵藤はニヤリと笑った。

「今日、来ると思っていた」

それを聞いて、針生はわずかに目を瞠る。それから負けじと笑みを浮かべた。

「よろしくお願いします」

すぐに練習が始まり、体育館にはシャトルの飛び交う軽快な音が響き始めた。

基礎練習の後、スマッシュやレシーブなどを強化するパターン練習を行い、休憩を挟んで練習試合が始まった。

「一本ー！」

「集中して拾っていけー！」

大会では上位に食い込む二校の練習試合は、どのコートも白熱した。

針生は佐知川の一年から2ゲーム先取で一勝し、次に当たった二年ともファイナルゲームに持ち込んでの接戦だったが、勝利することができた。

そして三戦目、兵藤との組み合わせとなった。

「よろしく」

「よろしくお願いします」

挨拶をかわして、それぞれのコートに立つ。先攻となった針生はサーブを打つために構える。集中すると、周りの音がすっと遠ざかる。

(今日、もし、兵藤さんに勝てたら)

ヒュ、と鋭くラケットを振ると、サーブは狙った位置へ飛んだ。兵藤はすぐに反応し、シャトルはネット際へ返される。

(気持ち伝える資格、少しはあるって、思えるんじゃないか)

前に飛び出し、針生はシャトルを打ち返した。耳に馴染んだ鋭い音が手元で響き、シャトルは兵藤のコート内側に落ちた。

(大丈夫……やれる)

試合は前半、点を取り合う悪くない流れとなった。

だが1ゲーム目の後半から、針生の攻撃はまったく兵藤に通用しなくなる。2ゲーム目は疲労が針生の足を重くした。

三十分後、針生はコートの中央で立ち尽くしていた。

「ゲームセット！」

審判の部員の声が響いた。拾えなかったシャトルが靴先に転がっている。針生はラケットを構えていた腕を下ろす。

「……っ」

はぁ、はぁ、と荒い呼吸が自分のものでないように感じられた。

（……全然、足りねぇじゃん）

針生は天井を仰いだ。高い位置で輝く照明が、眩しく目を刺す。流れてくる汗を拭い、針生は挨拶をしに兵藤のもとへ歩み寄っていった。


待ち合わせの駅から外へ出ると、すぐに満開になった桜の花が見えた。

時刻は五時少し前で、駅の出口からは次々と電車を降りた人が広場の方へ向かっていく。週末らしい喧噪の中には、自分と同じような年代の学生の姿もあった。

カップルと思われる男女が針生のそばを通り過ぎ、なんとなく目で追う。友達同士のような雰囲気の二人だが、その片手はしっかりと繋がれていた。

（…………）

もし、今日兵藤に勝って自分の成長を実感できていたら、花恋との関係を進める決心がついていただろうか。

そんなふうに天秤に乗せている時点で、自分にはまだ花恋の隣に立つ資格なんてないと思えた。

部活と、恋愛の両立。

まだ恋愛も選び取っていない今でさえ、部活がままならないようでは、自分にはどっちも中途半端にさせてしまう未来しか想像できなかった。針生は片頬を歪めて自嘲した。

（全然、釣り合わないよな）

花恋は、中学生の時から芸能の仕事を始め、すでに誌面を飾る活躍をしている。

かたや自分はライバル選手に差をつけられ、今日の練習試合でも勝つことができなかった。

針生が溜息をついたところで、ポケットのスマホが振動した。花恋からだった。

『ごめん、ちょっと遅れる』

針生は珍しそうに目を丸くする。

（仕事、なんかトラブったか？）

詳しいわけではないが、花恋の話から撮影が押すことがあることは聞いていた。それでも、いつも見越した時間を伝えてくるが、今日は予定外だったのかもしれない。

針生は『急がなくていい』と送って、再び壁際に軽くもたれた。

広場には、建物や木々の間から夕陽が差し込んできていた。大きな桜の木は、その光を受けて薄紅の色を濃くしていた。さぁ、と風が吹くたびにそこから花びらが散っていく。知っている場所でも毎年春がやってくるといつも、この木もあの木も桜だったのかと気づかされる。

十五分ほど経って、改札を抜けた花恋が駆け寄ってくる。

「ごめん。遅れちゃった」

「いや、いいけど」

花恋はいつもの笑顔を針生に向けると、広場の方を指さした。

「けっこう人いるね。行こ」

花恋は下ろした黒髪を揺らして歩き出す。針生もその隣に並んだ。歩調は合わせるが、針生の手はポケットに、花恋の手は肩のバッグに添えられている。

「わぁ、桜すごいね！」

広場から桜並木の方へ向かうと、視界は一気に薄紅に包まれた。

「おお、すごいな」

満開をすでに少し過ぎているのだろうか。枝が揺れるたび、はらはらと小さな花弁が雪のように舞っていた。

人の流れのまま、桜の下を隣に並んで歩く。

針生はちらりと、隣にいる花恋の姿を見た。

（なんか、いつもと様子違うな）

笑っているし、口調も普段通りだったが、針生はその横顔から何か言いたいことを隠しているような雰囲気を感じ取った。

合流した時にすでに夕日も沈みかけている時刻で、日が完全に暮れると桜並木には、提灯（ちょうちん）を模したライトアップが灯った。朱色を帯びた照明がどこまでも連なり、夜桜は幻想的に浮かび上がる。

駅近くは人の姿も多かったが、離れていくほど人影はまばらになっていった。

「……あのさ」

黙って歩いていた花恋がおもむろに口を開いた。桜と灯火（ともしび）の下、花恋は針生へ向き直る。

「オーディション、落ちた」

「えっ」

針生は予想していなかった言葉に思わず驚きの声が漏れた。

「今日だったのか」

「うん」

花恋は頭上を見上げ、ゆっくりと歩いていく。その横顔に、ライトアップの光が陰影を作った。

桜の花枝の間からは、夜空の色に近づき始めた空が覗(のぞ)いていた。春の夕方らしい、柔らかな風が吹き抜けていく。

「結果はだめだったけど、でも他のモデルの人見たら、納得できたの。私はまだ全然できてないことが多いって」

今日、何か失敗をしたわけではなかった。緊張で表情や動きが固くなることもなかったし、プロモーションのセリフも滑(なめ)らかに喋れた。

けれど全力でやって、及ばなかった。

「演技もちょっとはできるって思ってたけど、もっとカメラ寄った時の表情の作り方とか、アングルまで考えて動作できるようにならないといけなくて」

花恋は反省点を、まるで自分に言い聞かせるように口にしていく。

「今回のオーディション、すごく勉強できたし、次に生かせることもいっぱいあったけどでも……」

よどみなく言葉を連ねていた唇が強張る。

「でも……悔しい」

そう呟いた目元が微かに充血する。近くで顔を見て、針生はメイクを塗り直した跡に気づいた。針生は花恋が遅れた理由が何だったのか、理解する。

そして花恋がオーディションの日付を、自分に教えなかった理由にも。

(俺が、兵藤さんと試合するって、言ったからか)

自分だけ気遣われてしまったようで、針生はもどかしく眉を寄せた。そう感じる一方で、きっと自分も花恋のオーディションを聞くのが先だったら、試合の話はしなかっただろうとも思えた。

きっとこういう時に、お互い当たり前に支え合える相手にならないとだめなのだ。

「花恋」

針生は足を止めると、花恋の方へ向く。呼ばれて花恋は顔を上げた。

「俺も、言いたいことあってさ」

開き直るように、針生は堂々と告げた。

「今日の練習試合、負けた」

それを聞かされて、花恋は瞬きする。

「え？　兵藤さんとの、試合？」

「そ」

針生は再び歩き出し、視線を持ち上げた。灯された光に照らされて、桜の花は青空で見る時より色づいている。自分たちの頭上に、花びらが散る。

「自分の中ではさ、けっこういい線いけんじゃねって思ってたんだよ。高校の練習で力ついたの実感できてたし、こないだインハイ出た先輩にも勝ったし」

けど、と針生は言葉を区切る。

「向こうはもっと上手くなってた」

止まっていてくれるとは思っていないけれど、上達の速度までは読めなかった。

「地力っていうか、基礎が盤石だから、同じ練習しても効果が二倍も三倍も違うんだよな。そういう人間がさ、また怠けないわけ。こっちがぐうの音も出ないほど努力して、そんなの当たり前だって顔してんだよ」

せめて驕って油断してくれていればいいのに、兵藤将太はそういう気のゆるみを一切自分に許さない人だ。カメのマインドを持ったまま、ウサギのフィジカルで走り抜けていってしまう。

針生は苦笑して、舞い散る桜を見つめた。

「じゃあ俺が追いつけるのはいつだよって思うけど」

自分が一歩進む間に、三歩進んでいる相手を追いかける。それなら三倍努力をすればいいと思ってがむしゃらにやって、それでも相手は怠けることなく自分以上の努力をこなしてしまう。

一向に縮まらない差を前に、このままどこまでやっても追いつけないのではないかと、そんなふうに考えてしまう。

「けどそれは、追いかけるのをやめる理由にはならないんだよな」

どんなに点差が開いても、そこからどこまでやれるか粘り続けることも強さの一つだ。

「うん……そうよね。楽だから、勝てそうだからやってるんじゃない」

花恋は針生の表情を見て、眩しそうに頷き返す。

「好きだから、やってるんだもん」

その時、桜並木を強い風が抜けていった。枝同士がこすれるざわめきの後、花びらが一斉に舞い上がる。

「わぁ、綺麗！」

耳元で髪を押さえて、花恋は舞い散る桜に感嘆(かんたん)する。ライトアップした光に照らされて、

花吹雪が二人を包んでいく。

　風が去ると、花恋は思いついたように両手を上に掲げた。

「ほっ、……あれ？」

　落ちてくる花びらを捕まえようと手を合わせた花恋だったが、花びらは手をすり抜けていった。もう一度試みるが、開いた手の中には何もない。

「っ、下手くそすぎだろ」

　それを見ていた針生が、意地悪い顔で吹き出した。花恋は髪を払って針生を見上げる。

「ほーう？　じゃあバド部エースのお手並み拝見といこうかな～」

「いやシャトルと違うけど」

　針生は目の前へひらひらと落ちてくる一枚に目を留め、タイミングを見計らって手を伸ばす。

「ん」

　一発で手の中に花びらを捕まえた針生を見て、花恋は信じられないと大袈裟に固まった。それから悔しそうに叫ぶ。

「えー、なんでよ？　待って、私も絶対、自分で取るから」

　花恋は真剣な顔で桜の木を見上げて、再び手を構えた。

　その表情を見ていた針生は、ふと出会った時のプールサイドでの彼女が浮かんだ。苦手(にがて)な水泳を途中で投げ出さず、何度も何度も、水の中へ潜っていく。

　水泳に限らず、何事もそれなりに器用にこなせた自分には、花恋の姿は勇敢に思えた。

　誰だって、自分の不得手(ふえて)と向き合うのは怖い。周りの評価や自信の喪失、そういうものと向き合わずにいられるなら、そっちを選ぶ人間は大勢いる。

　だが花恋は違った。

　いつだって彼女は、挑戦することを選ぶ。

「取れた！」

　手を握(にぎ)った花恋が、歓声(かんせい)を上げた。手のひらに乗せて針生に見せようとしたところで、風に乗って花恋の手から花びらは飛んでいってしまった。

「あっ」

　花恋が花びらを目で追った時、針生が素早(すばや)く腕を伸ばした。その手が空中で花びらを捕まえる。

「ほら、やっと取ったやつ逃がすなよ」

　針生は手の中に閉じ込めた花びらを摘(つま)み、花恋の手へと返す。

　花びらを渡す時、互いの手が触れ合った。花恋は、針生の手をじっと見つめる。出会った時はそれほど自分と違わないと思っていた手は、今は骨張って大きかった。

（……男の子の手だ）

それから、視線をゆっくりと針生の方へ向けた。リアクションがないのを怪訝としているる針生に対し、花恋は呆れたように笑い出した。

「別によかったのに。飛んでっちゃっても」

それを聞いて、針生は顔をしかめた。

「お前な、人がせっかく」

「うん。取ってくれて、ありがと」

花恋は、今度は大切そうに花びらを手の中にくるむ。バッグの中から手帳を取り出し、今日の日付のページにそっと挟んだ。

「この辺りで桜並木も終わりかな。折り返して駅の方戻る？」

「そうするか」

花恋の提案に針生は頷き、歩いてきた桜並木を戻り始める。

さっきと向きが変わると、花恋のバッグを持つ手と反対が、針生の隣に下ろされた。少し近づけば、手と手は簡単に触れ合う位置だ。

お互い、その距離には気づいている。

（でも、まだもう少し……）

どちらともなく、胸の中で言葉を唱える。

自分のことも相手のことも支えられるような、そんな存在になるまでは――まだもう少し、自分たちはこの距離のままで歩いていこう。

「新入生、一同、起立」

教師の声とともに、体育館に並べられたパイプ椅子を鳴らして、生徒たちが立ち上がる。

栄明高校の一年となる生徒たちだ。

その左胸には、卒業式の時と同じように花の飾りがつけられている。中学の時とは異なり、高校ではほとんどが同じ顔ぶれなので、新鮮さはない。

ただ、新しい一年がまた始まるという高揚はあった。

「ちー、今ちょっといい？」

貼り出されたクラス分けの前、その人だかりの中で針生は、探していた相手を見つける。

バスケ部の何人かと一緒にいた千夏が、針生に呼ばれて振り返る。

「うん。大丈夫」

「花恋に写真撮ってこいって頼まれてさ」

針生は片手に持ったスマホを見せた。千夏はきょとんとした後、同じようにスマホを掲げた。

「私も」

「はぁ？　なんだそりゃ」

（花恋のやつ、先手打ってきたな）

頭の中で『どうせ健吾、自分の写真は送ってくれないもん』と言う花恋の声が聞こえてくるようだった。針生が呆れている間に、千夏は自分のカメラを操作していた。

「じゃあ一緒に撮ろうよ」

千夏が提案して隣に並ぶと、バスケ部の渚が気づいて「私撮ろうか？」と申し出た。

「だったら渚入ってよ。私撮るから」

「それじゃ意味ないでしょ」

誰が撮るかでスマホを渡し合っているうちに、他の女子バスケ部のメンツや近くにいた男子部員たちが針生と千夏のそばに集まった。

「あ、いたいたいた〜！　針生君、一緒に撮ろうぜ〜」

生徒たちの間から、同じバドミントン部の西田（にしだ）が針生を見つけて手を振った。針生はタイミングのいい友達に白羽（しらは）の矢（や）を立てる。

「ちょうどいいところに。西田、写真よろしく」

「えぇ～……？」

針生と千夏とともに、そばにいた同じクラスだった面々が集まり賑やかな集合写真になる。インカメにして西田が映り込んだ写真も、針生のスマホに残されることになった。

「高校生かぁ」

「まだなんか実感ないよね」

近くで交わされる会話を聞きながら、針生は今撮った写真を花恋へ送る。その画面の上に、花びらが一枚落ちてくる。針生は顔を上げた。

卒業式の時に咲いていた桜はすでに葉桜になり始めており、開花の遅かった桜がちょうど今、花びらを舞わせていた。

針生は薄紅色の花びらを摘み、花恋とともに桜を見に行った時のことを思い出す。花びらを追いかける姿や、手渡した時の華奢（きゃしゃ）な指、大事そうに手帳に挟んだ時の横顔を。

そこでスマホが通知を知らせ、その拍子（ひょうし）に針生の手から花びらが逃げていった。画面を見ると、花恋から返信が届いていた。

『写真、ありがと！　賑やかね～』

その後に一文、添えられていた。

『高校生活、楽しもうね』

針生はその言葉を読んで、ふっと笑みをこぼした。

「……だな」

短い春休みが終わり、これからここで、高校での新しい時間が始まるのだ。

■初出
アオのハコ Prologue　書き下ろし

[アオのハコ] Prologue

2024年12月9日　第1刷発行
2025年 3 月8日　第3刷発行

著　者／三浦 糀 ◉ 七緒

装　丁／辻 智美　山田萌々子(バナナグローブスタジオ)

編集協力／藤原直人(STICK-OUT)　北奈桜子

編集人／千葉佳余

発行者／瓶子吉久

発行所／株式会社 集英社

〒101-8050　東京都千代田区一ツ橋 2-5-10
TEL　03-3230-6297(編集部)
03-3230-6080(読者係)
03-3230-6393(販売部・書店専用)

印刷所／中央精版印刷株式会社

Printed in Japan　ISBN978-4-08-703552-0 C0293

JUMP j BOOKS：http://j-books.shueisha.co.jp/

j BOOKSの最新情報はこちらから！